KB056012

만주에서
올랜도로

Orlando

만주에서
올랜도(Orlando)로

펴 낸 날 2017년 12월 30일

지 은 이 김종규
펴 낸 이 최지숙
편집주간 이기성
편집팀장 이윤숙
기획편집 이하영, 최유윤, 이민선
표지디자인 이윤숙
책임마케팅 임용섭
펴 낸 곳 도서출판 생각나눔
출판등록 제 2008-000008호
주 소 서울 마포구 동교로 18길 41, 한경빌딩 2층
전 화 02-325-5100
팩 스 02-325-5101
홈페이지 www.생각나눔.kr
이 메 일 bookmain@think-book.com

• 책값은 표지 뒷면에 표기되어 있습니다.
ISBN 978-89-6489-806-2 (03810)

• 이 도서의 국립중앙도서관 출판 시 도서목록(CIP)은 서지정보유통지원시스템 홈페이지(http://seoji.nl.go.kr)와 국가자료공동목록시스템(http://www.nl.go.kr/kolisnet)에서 이용하실 수 있습니다(CIP제어번호: CIP2017034366).

만주에서 올랜도로

Orlando

김종규 회고록

"김영삼 전前대통령과 어떻게 되십니까?"

"...... 난 옥중동지요."

"그리고 김영삼 전前대통령 당선되는데 쬐금 일조를 했소."

생각나눔

목차

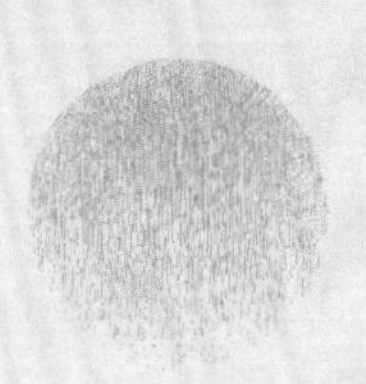

제3부 미국, 그리고 재야在野의 민주화 운동 1

제4부 미국, 그리고 재야在野의 민주화 운동 2

제5부 이북의 가족들

제1부

전쟁, 그리고 학창시절

1933~1960

I

만 주

만주 출생

… (중략) …

멀리 국경의 북쪽과 남쪽 지방 두루 구경하고,
오늘 이 강가의 모래톱에 또 말고삐를 맸네.
학 나는 들 저문 산은 푸르러 눈썹 같고,
압록강 가을 물은 쪽빛보다 더 진하네.

- 강희맹, '압록강을 지나면서'

:: 중국 임강에서 바라본 압록강과 이북 중강진

만주와 이북을 가르는 국경의 양대 강줄기인 압록강과 두만강이 포개어져 동시에 흐른다고 하여 유래된 이름이 양강도이다. 그중에서도 포평리는 예부터 머루 넝쿨이 많은 평평한 들판이라 하여 포평이라고 불렀고, 그 앞으로는 오리 머리빛처럼 푸르다는 압록강이 유유히 흐르고 있다.

김종규는 1933년 만주의 두 강이 합류하는 지점인 함경북도 후창군(현現 양강도 김형직읍) 포평리에서 태어났다. 그리고 얼마 후 생업을 위해 이주하여 유년기부터는 만주 압록강변의 임강에서 생활하였다. 형제는 본래 총 열넷이었으나, 그중 다섯은 당시 만주의 극심한 흉년과 열악한 환경으로 인해 일찍이 세상을 떠났다. 당시는 그런 경우가 비일비재하였다. 그는 사남 오녀 중 일곱째로 위에는 형님 셋, 누이 셋, 밑으로는 여동생이 둘 있다. 아버지 마흔다섯, 어머니 서른다섯의 노산으로 태어난 그는 출생 시에 짐승같이 털을 뒤집어쓰고 나와 주위를 놀라게 했다고 한다. 당시는 변변한 병원이나 의료기기도 없이 홀로 아이를 낳기도 하고 심지어 탯줄을 스스로 끊어내는 경우도 빈번했다. 그런 와중 극심한 기근과 젖 달라 떼쓰는 아이들 사이에서 털을 뒤집어쓰고 나온 그가 곱게 보일 리 없었다. 당시 만주에서 그의 부모는 쌀을 구하기 위해 강에 나가 사금을 캐야 했는데, 굶는 자식들도 많고 갓 태어난 아이 또한 털을 뒤집어쓴 병신으로 오해하여 그를 그저 아랫목에 내어두고 아침부터 저녁까지 자리를 비우는 경우도 허다했다고 한다. 그러다 보니 아이는 하도 못 먹어 비쩍 말라 연신 빽빽 울어댔다. 후에 어머니 얘기로는 그렇게 몇 날 며칠을 보내도 사금을 캐고 집에 돌아와 보면 그는 여전히 죽지 않고 등등했다고 한다. 이미 어미의 바싹 마른 젖은, 형제들이 다 빨아 먹어 나오지 않으니, 죽지 않는 어린 새끼를 위해 어미는 하릴없이 좁쌀로 미음을 펄펄 끓였다. 허나 젖을 한 번도 물어보지 못한 그의 입에 어미가 미음을 넣으면 용케도 곧잘 받아먹고 결국 그는 그리하여 살았다고 한다.

"그래서 그 극심한 상황에서 많이들 죽어 나갔지만 사는 놈은 살더래는 거야. 전까지 우유를 먹어본 적이 없었어. 엄마 젖도 못 먹어 봤고. 나중에 미국에 와서 한 10년 전부터 아침마다 우유에 시리얼을 타 먹기 시작한 게 처음이었지. 그래서 내 키가 지금 이렇잖아."

:: 아버지 김존이, 어머니 한춘화

아버지 김존이

그의 아버지 김존이(김영하金英夏)는 1889년생 충북 제천출신으로 젊은 시절 독립운동을 했다. 김존이는 '6·10만세 사건' 때 일본 헌병대에 체포되어 충주 형무소에서 2년 남짓 복역을 한다. 끔찍한 고문 뒤 풀려난 그는 여전히 독립활동을 위해 동지 5명과 함께 만주 백두산 밑 장백산 부근에 숨어들어 거처를 정하고 은신했다. 그곳에서 그들은 땅을 파고 화전을 일궜는데 혹한에는 필요한 물품들을 조달하기 위해 몰래 조국 땅에 돌아와 거래를 했다. 그때 평안북도 후창군에서 또다시 헌병대에 체포되고 말았다. 계속되는 악질적인 심문과 혹독한 고문에 견딜 수 없었던 그는 결국 귀순을 결정하게 되었다. 그는 풀려난 뒤 고문으로 피폐해진 몸을 이끌고, 당장 해결해야 할 생업을 위해 당시 후창군의 제일 유지를 찾아가 머슴살이를 시작했다. 한데 기와집 주인장 대감이 김존이를 가만히 지켜본즉슨, 품행이 단정하고 곧은 모양새가 도무지 머슴으로 있을 인물로 보이지 않았다. 또한, 문자까지 쓰는 품새가 긴히 마음에 들었다. 대감은 그를 조사하기 위해 당시로써는 기나긴 여정이었던 김존이의 고향 제천으로 몇 날 며칠에 걸쳐 당나귀를 타고 이동했다. 보아하니 역시 가문이 있는 집안임을 확신한 대감은 다시 후창으로 돌아와 김존이를 그보다 열 살

아래인 자신의 딸 한춘화와 맺어주게 된다. 식을 치른 후 그들은 자립하여 만주에서 생업을 꾸렸다. 김존이는 목재상을 하여 자식들을 키웠고 다방면으로 박식하여 매일같이 마을 사람들이 싸리문을 드나들며 각종 약재, 삼, 사냥한 동물 등에 대해 자문을 구하러 찾아왔다고 한다. 민간요법에도 능하여 치질이나 설사, 이질 등 당시 흔했던 질환에 대한 간단한 처방을 일러주기도 하였다. 김종규가 어렸을 적 어머니에게 들은 바로는, 당시 김일성의 부친 김형직과 아버지는 호형호제하는 사이였다고 한다. 김일성의 본래 이름은 김성주이고, 김영주라는 동생도 있었다. 한 번은 10월 어느 날 뜨거운 물에 엉덩이를 덴 김종규의 누이를 위해 아버지는 김형직을 찾아가 약을 외상으로 받아다 발라줬다고도 한다. 어려운 시절 속에서도 김종규의 유년기 기억으로는 밑으로 두 살씩 터울인 두 여동생이 유독 아릿하게 자리하고 있다. 그는 동생들을 끔찍이 아꼈고, 동생들도 오빠 곁에서 한 시도 떨어지지 않으려 할 만큼 남매지간에 우애가 다정했다. 그가 어딘가 나갈라치면 여동생들은 이미 싸리문 앞에 기다리고 있고, 장거리라 곤란해 하여도 애들 눈빛이 하도 초롱초롱하여 할 수 없이 항상 데리고 나가곤 했다는 것이다. 두 누이는 잠을 잘 때도 항시 오빠 곁에서 자고, 그런 동생들을 그렇게나 귀여워했다고 그는 몇 번이나 되새긴다.

2

경성 유학

만주 조양국민우급학교

때는 일제강점기. 국내정세는 비교적 온건했던 20년대의 문화 통치기를 지나고, 30년대에 들어와 일제의 민족말살 통치가 벌어지고 있었다. 일본 내부의 상황은 민주파에서 군부로 교체되면서 초강경하고 극렬한 극우세력으로 대체되고, 또한 세계경제공황으로 최악의 경제침체에 빠져있었던 일본은 그 도약의 발판으로 제2차 세계대전을 종횡무진하며 전쟁을 주도했다. 한국은 일제의 병참고로 전락해 각종 공출, 징용, 위안부로 총동원되는 상황에 창씨개명, 조선어 금지 등 여러 굴욕적인 조치들이 뒤따랐다. 이러한 굴욕적이고 비참한 시절 가운데 김종규는 만주에서 학창시절을 보내고 있었다. 그는 또래보다 1년 먼저 학교에 들어갔고, 동급생들보다 수학능력이 뛰어난 편이었다. 그는 만주 임강에 있는 조양국민우급학교朝陽國民優級學校(현 초등학교)를 다녔는데 당시 학교의 체제는 국민학교 4년, 우급기간 2년이었다. 따로 중학교 과정은 없었고 학교 내의 심화 과정으로 고등학업 기간이 2년 더 있었지만, 그는 가족들과 주변의 권유로 인해 경성으로 중학교 시험을 보러 간다. 만주에서 공부에 뜻을 품은 학생들 40여 명이 시험을 치렀고 그중 그를 포함하여 2명만이 합격한다. 기특한 그를 위해 마을 어르신들은 없는 호주머니에 쌈짓돈을 탈탈 털어 그의 고사리 같은 손에 쥐어 주었다. 당시 만주에서의 학창시절을 떠올려보면 먹고 살기도 어려운 시절에 모두가 평등하게 학업을 제때에 원활히 할 수도 없었던 때인지라 그에 비해 10살 위의 동급생들도 있었다. 그는 어렸을 때부터 유독 키가 작았고 왜소했지만 그럼에도 학급반장을 꾸준히 도맡아 하며 나이 차가 많은 동급생들과 어울렸다.

:: 학창 시절

:: 헌병 시절

경복고등학교

당시 경성 제1고보(고등 보통학교)는 지금의 경기京畿고등학교, 제2고보는 지금의 경복景福고등학교였다. 그는 제2고보에 합격한다. 일정 때 고등학업체제는 갑종 5년, 을종 3년제였는데, 그는 제2고보에 진학하게 되면서 갑종으로 수학하게 된다. 한편, 일본에서 헌병으로 근무하고 있었던 11살 터울의 둘째 형은 곧 경성으로 오게 되어있었는데 아직 몇 개월의 시간이 남아 있었다. 형이 오기 전까지 그는 체부동에서 혼자 하숙을 해야 했다. 그런데 만주에 계셨던 아버지는 간혹 생활이 여의치 않을 시에는 경성에 있는 아들에게 하숙비를 보내주지 못할 때도 있었다. 한번은 배를 무척 곯았던 김종규가 서한을 통해 부디 몇 달 만이라도 만주에 돌아가면 안 되겠냐는 뜻을 비쳤지만 꼿꼿하고 엄격했던 아버지는 뜻을 이루기 전에는 절대 돌아오지 말라는 답신을 주었을 뿐이다. 살길을 찾아야 했다. 다행스럽게도 그는 어린 나이임에도 사업수완이 빨랐다. 당시는 담배가 귀한 터라 공공기관에서 '무궁화 담배'를 집마다 배급했는데, 그는 이것을 형의 명의로 타서 더 많이 필요한 이들에게 본래보다 높은 가격을 붙여 흥정했다. 새벽부터 신문 배달을 하고, 꾸준히 찹쌀떡 장사도 하며 하숙비와 용돈을 만들어냈다. 재빠른데다가 감각이 있어 일을 곧잘 했고 당장 생활하는 데 어려움이 없을 정도는 되었다. 이후에 둘째 형이 일본에서 돌아와 경성에 있는 농림부에 공무원으로 취직하고, 형수와 함께 셋이서 단란하게 지내게 된 이후부터야 학업에 오롯이 집중할 수 있게 되었다. 하지만 만주 때와는 달리, 낯선 경성의 생활과 질풍노도의 사춘기가 겹치며 학업에만 몰두했던 어린 시절과는 달리 건들건들한 학생들과 주먹다짐을 하다가 정학을 맞기도 하는 등 혈기 넘치는 시기였다. 100미터를 12초에 뛸 정도로 날랬고, 노래도 곧잘해 남인수 같은 가수가 되려는 마음을 품는 등 예능의 끼도 있었다. 훗날 그의 비범한 춤 실력도 필시 이 시절이 바탕이 된 것일 게다.

그의 경성에서의 학창시절은 나라의 존립이 걸린 매우 혼란스럽고도 중요한 시기였다. 그는 당시 8·15해방으로 깃발 펄럭이던 거리의 민중들을 생생히 기억하고 있다. 직후 무정부 상태의 미 군정, 1948년 대한민국 임시정부의 수립과 이승만 초대대통령, 초대 국회의원 선거 등을 기억하고 있다. 대격변의 시기, 이념적으로도 대혼란의 과정에서 대한민국 정부는 수립되었지만 이승만은 국가의 효율적인 재건을 구실로 반민특위를 거부했고, 일정 때의 관료들은 그대로 답습되고 말았다. 민족의 지도자 백범이 살해당하고 공산주의자, 민족주의자, 그리고 반공을 외치는 이들의 대립과 갈등은 더 혼란해지고 흉포해지는 나날들이 계속되고 있었다.

3

6·25, 그리고 이별

1950년 6월 25일

갑종 5년의 끝 무렵인 1950년대에 들어오고부터, 총 6년제의 현재 중고등학교 교육체제로 제도가 바뀐다. 그는 졸업이 1년 미뤄지며 고3이 되는데, 한 학기가 채 끝나기도 전에 6·25가 발발했다. 그로 인해 갑자기 학업은 중단되고 미처 피난도 가지 못한 채 꼼짝없이 서울 하숙방 지하에 갇히게 된다. 1950년 6월 25일 새벽,

"새벽에 펑펑 소리가 나기 시작하는데, 침입 소식을 얼핏 듣긴

했지만 이렇게 빨리 서울로 들어올 줄은 몰랐지. 조심스럽게 밖에 빼꼼 나가보니 멀리서 포 소리도 들리고…. 골목에 나가보니 내 친구의 집 창문에는 빨건 기가 군데군데 달려 있는 거야. 믿기지도 않고, 순간 겁도 나고…. 탱크 소리가 들리는데, 보아하니 인민군 탱크가 남산 쪽으로 포를 쏘아 올려 하늘이 번쩍번쩍하더란 말이야. 다시 지하로 숨어 들어가 잠자코 있었고 한참 후 9.28 서울수복이 될 때까지 거기 숨어있었던 거지."

그는 수복 전까지 숨어 지낼 시에도 음식을 구하기 위해 무법천지 거리로 나서야 했다. 새벽 동이 트기도 전에 제대로 된 신발도 없이 구멍 숭숭 뚫린 고무신을 신고 걸어서 개성으로 향했다. 당시 큰 형님의 처가댁은 개성에서 40리 더 들어간 개풍군 광동면 새절골에 큰 논을 가지고 있었다. 한나절을 꼬박 걸려 도착해 하룻밤을 자고, 바로 다음 날 바로 쌀 한 말을 머리에 짊어지고 또 한참을 걸어오곤 했다. 하루는 새절골에서 떠나 개성을 거쳐 임진강 파주나루에 당도할 무렵, 하필이면 숨어있던 인민군 패잔병에게 붙들리고 말았다. 무섭게 닦달하며 취조하기 시작하는데 공포에 치가 떨려왔다. 다행히도 그는 체구가 작아 군인으로 의심받지는 않았고, 심한 구타를 받았지만 그저 죽이지 않은 것만 해도 천운이라고 생각되었다. 당시에 논과 밭을 건너오면서 목격했던 즐비한 시체들 중에는 민간인도 많았다. 겨우 인민군에게 풀려나 성치 않은 몸을 이끌고 오는데 이번에는 아군 자치대를 만났다. 한데 오히려 자치대는 그를 인민군으로 몰아 구타하기 시작했다. 다급하게 하소연을 해봐도 막무가내였다. 날라 오는 매질에 고생스럽게 이고 왔던 쌀이 모두 쏟아져버렸고, 결국 만신창이가 된 몸을 이끌고 허망하게 집으로 돌아와야 했던 적도 있었다. 돌아온 서울의 거리는 골목마다 불에 탄 시체, 총에 맞은 시체들이 나뒹굴었다. 그는 기겁하여 집으로 도망치듯 뛰어들어 갔고, 그 후로는 거리로 나서지도 못한 채 오랜 기간을 굶는 수밖에 없었다. 한때 저 멀리서부터 '구르릉 구르릉' 괴이한 소리가 들려와서 의아했던 적도 있었는데, 이것은 나중에 알게 된 사실로 인천상륙작전 당시 함대에서 포를 쏘는 소리였다는 것을 알게 되었다. 곧이어 서울수복이 되었고, 그때서야 조심스럽게 거리로 나가 먹거리를 구해올 수 있었다. 그는 당시의 서울에 즐비했던 시체들과 끔찍한 광경들을 보고 겪으며 참을 수 없이 괴로웠고 이내 자진 입대를 결심하게 된다.

군 입대

마침 육군헌병하사관학교에 공고가 나고 지원하여 10기생으로 입학한다. 그는 대구에 내려가 한 달간 훈련을 받고 헌병사령부에 배치되었다. 당시는 전시 상황으로 헌병들에게는 사법권이 있었다. 그때의 근무 중 한 사례로, 어느 날 김종규는 여자 민간인을 불법으로 태우고 가는 군용 차량을 세웠다. 하필 대령의 차량이었는데 그는 괘념치 않고 군법을 어겼다며 그들을 연행하기 위해 문을 열었다. 상급고참이 뛰어와 길길이 말리는 바람에 겨우 대령의 차량은 그곳을 무사히 빠져나갈 수 있었다. 그는 당시 그렇게 원칙대로 하려는 성미가 있었다. 다음날 부대 참모회의에서 공병감이었던 문제의 대령은 헌병사령관에게 말한즉, 부인의 몸이 좋지 않아 어쩔 수 없이 군용차에 태우고 병원으로 향하던 중 당신의 한 부하 병사에게 붙잡혔던 사연을 이야기하며 그 당돌한 병사를 치하하는 일이 있었다. 그는 이 일로 포상을 받았다.

:: 군대 시절

*

당시 부대는 전략적으로 잦은 이동이 있었는데, 하루는 군용차에 짐을 가득 싣고 대구에서 김천으로 이동했다. 그는 그곳에서 탈영병을 32명이나 붙잡아 들였고, 체포 시 경찰서 유치장에 집어넣었다. 하도 기세가 등등해 그 지역 일대에서 '꼬마 헌병'이라는 별명이 붙을 정도였다. '꼬마'라는 수식이 붙은 것은 일찍이 입대해 어린 데다가 남들보다 유독 몸집이 작고 아담했기 때문이었다.

그는 대개 임무를 수행하는 데에는 물불 가리지 않았음에도 매번 매정하게 굴 수만은 없는 노릇이었다. 하루는 탈영한 육군 소위를 체포해 유치장에 넣었는데 바로 그 경찰서 서장의 아들이었다. 아버지뻘의 서장이 하도 간절히 간청하고, 또한 실로 들어보니 사정도 딱하여 탈영을 낙오병으로 처리해주었다. 한데 어느 날 이 사실을 알게 된 한 상사 장교가 매우 화가 나 그의 머리에 총을 들이대고 허위보고한 것에 대해 심하게 질타를 가하기도 했다. 허나, 전시의 상황임을 고려함에도 사정이 딱한 그들을 변호할 수밖에 없는 경우도 더러 있었다.

그러던 어느 날 7월, 본부에서 후방으로 철수 명령이 떨어졌다. 신속하게 기차에 짐을 싣고 부산으로 이동한 뒤, 다시 트럭에 옮겨 실어 부대 쪽으로 가는 와중이었다. 하필 운전병이 신병이기도 했고, 워낙 상사들의 독촉도 심해 차를 급하게 몰고 가고 있었다. 그는 트럭의 맨 끝에 앉아 짐이 쏟아지지 않도록 손으로 꽉 붙든 채 이동하고 있었다. 순간 트럭이 갑자기 커브를 트는데 너무 바트게 돌리는 바람에 짐을 받치고 있던 오른손과 팔이 코너의 기둥에 찧어버렸다. 너무 고통스러워 그대로 혼절했는데 나중에 깨어보니 국군병원에 누워있었다.

*

한편, 그가 병원에서 치료를 받는 동안, 그가 소속되어 있는 헌병대는 부산의 가야 포로수용소에 북한 인민군과 중공군 포로들을 수용했다. 거제, 부산, 대구, 영천, 마산, 광주, 논산, 부평 등 각지에 수용소가 있었는데 당시는 동족상잔의 전쟁인 6·25의 특성상 미묘한 문제가 있었다. 북한 포로 중 전쟁에 징집당해 참전하였지만, 중간에 전향하여 북한에 송환되기를 거부하는 반공포로들이 있었다는 점이다. 휴전협상 중 유엔군과 공산군은 포로송환 원칙을 둘러싸고 협상하지만 계속해서 논란은 끊이지 않고 협상은 지체된다. 후에 차츰 진전되어가며 결국 체코슬로바키아, 폴란드, 스웨덴, 인도 등 5개국으로 구성된 중립국 송환위원회를 만들어 송환을 거부하는 양측 포로들을 관리키로 한다. 반공포로들은 3개월간 귀환을 권유받지만 끝내 거부한다면 개별적인 희망에 따라 일단 중립국으로 이송된 다음 석방된다는 조치였다. 하지만 우리나라로서는 대부분 공산군 측의 요구가 받아들여진 합의에 분노의 목소리가 높아졌고, 공산 진영의 국가도 참여하는 중립국 송환위원회에 포로들의 신변이 노출되는 점을 우려하는 소리도 드높았다. 그러던 와중 6월 18일 0시를 기하여 이승만 대통령은 비밀리에 지시를 내리는데 '반공포로 석방특명'과 대대적인 포로 구출작전이 그것이었다. 국군헌병대와 수용소 인근 주민들은 일시에 미군들이 경비하고 있는 수용소의 철조망을 뚫고 그들을 구출하기 시작했다. 포로들이 쏟아져 나왔고, 이 사건으로 35,451명의 반공 포로들 가운데 26,424명이 탈출에 성공하고, 8,000명가량이 실패하게 된다. 미군들은 헌병들에게 길길이 뛰며 막으라고 지시했지만 이미 엎질러진 물이었다. 미국과 우방국들은 이 사건으로 분개했고 일부에서는 휴전협상이 결렬될 것이라는 소문도 떠돌았으나, 결국 우호적인 여론에 힘입어 한미상호안전보장조약을 체결, 휴전협정 또한 조인된다. 이런 일련의 과정에서 김종규는 팔 수술과 치료를 위해 국군병원에 장기 입원해 있다가 스무 살의 나이로 명예제대한다.

분단, 가족과의 생이별

8·15해방 이후 그의 부모와 형님, 누이, 여동생 둘은 만주 임강에서 압록강 건너편 이북 중강진으로 넘어가 살고 있었다. 해방 이후 많은 사람들이 가족들을 찾아 남과 북으로 넘어가려고 했으나 종종 3·8선에서 막히곤 하였다. 송춘희의 노래 '눈물의 한탄강'이 당시의 상황을 생생히 그리고 있다.

눈물의 한탄강

북녘땅 고향산천 강 건너 보이는데
구름만이 넘는구나. 건너지 못하는 강
해 저문 강가에는 물새도 우는데
언제나 건너가나 배 한 척 없는 강
아아아아 눈물의 한탄강

두고 온 내 가족 강 건너 있다만은
휴전선이 원수더냐 건너지 못하는 강
한 많은 철조망엔 궂은 비 오는데
사공은 어디 갔나? 배 한 척 없는 강
아아아아 눈물의 한탄강

이러한 와중에서도 어떤 수완이었는지 장사치들은 용케도 3·8선 안팎을 드나들었는데, 중강진에서 오징어 장사치를 했던 아버지의 친우는 이북의 가족들이 남으로 넘어오기 위해 부단히 애를 쓰고 있다는 소식을 자식들에게 알려왔다. 이제 오나 저제 오나 밤낮을 애가 타게 기다렸는데, 결국 격동의 과정에서 나라는 분단되고,

그의 가족들은 반반이 찢어져 영영 생이별을 겪게 된다. 이후로 그는 평생을 이북에 남은 부모와 형제들을 가슴 깊이 묻고 잊지 못한다. 그는 현재 팔순이 넘은 나이에도 북에 남은 아버지, 어머니, 큰 형님, 큰 누이, 그리고 여동생들, 심지어 매부의 생일까지도 명확히 기억하고 있었는데, 결국 훗날, 가슴 깊이 새겨두었던 이 소중한 기억 덕분에 장장 60년여 동안 생이별했던 이북의 여동생을 찾게 된다.

4

환도, 낭만, 그리고 정치

명예제대

그의 부상은 생각보다 깊었고 무기조차 잡을 수 없어 결국 원대복귀는 불가능했다. 명예제대를 한 뒤 치료와 휴식을 겸하며 앞을 도모하는데, 처음에 그는 일본으로의 유학길을 결심했다. 조국은 분단되고 좌우가 혼탁한 시기에 공부는 필히 해야겠고, 차라리 일본에 가서 신학문을 수학하자고 다짐한 것이다. 다만, 갈 수 있는 방법은 밀항선을 타는 것뿐이었다. 그리하여 그는 뜻이 맞는 친구 하나와 비밀리에 선원증을 만들었다. 반대할 것이 불 보듯 뻔한 둘째 형에게 언질은 차마 줄 수 없어 몰래 떠나려고 했으나, 출항하기 일주일 전, 경성에 오고부터 키워주다

시피 했던 형수에게는 귀띔을 하지 않을 수 없었다. 둘째 형이 경성에 와서 취직을 하고 결혼을 했던 제2고보 시절부터 함께 했던 형수는 참 따뜻하고 속 깊은 사람이었다. 항상 '도련님'이라 부르며 나이가 한참 아래여도 하대하는 법이 없었다. 당시 그는 돈이 없어면 학교까지 도보로 오고 가야 할 때가 많았는데, 그걸 눈치챈 형수는 전차표나 돈을 호주머니에 꼭 챙겨주곤 했다. 주로 꺼내기 힘든 속 얘기도 형보다는 형수에게 곧잘 하게 되었고 그럴 때마다 형수는 속 깊게 들어주었다. 돌아보자면 어렸을 적 탈선하지 않고 곧게 갈 수 있었던 것도 모두 형수 덕분이었다. 그런고로 너무나 존경했던, 마치 엄마와도 같았던 형수를 한마디 말도 없이 떠난다는 것이 영 마음에 걸렸다. 하지만 형수로서도 언제 돌아올지 모르는 도련님의 기별을 남편에게 전하지 않을 도리가 없었을 것이다. 결국, 그는 출발을 코앞에 둔 채 선원증을 빼앗기고 말았고 하는 수 없이 유학은 포기할 수밖에 없었다. 형은 그에게 빨갱이가 되려느냐고 질타했다. 당시 남한은 이승만의 반대로 일본과 수교 전이었고, 또한, 해방 후 재일동포 단체는 공산주의자들에 의해 좌경화되어 일본은 조총련이 판을 쳤다. 결국, 형님의 완강한 반대로 인해 같이 약조하였던 친구만 혼자 떠나게 되었는데, 당시 친구는 선원증을 구할 돈도 없어 김종규가 사비를 털어서 만들어주었다. 이 친구에 관련한 재밌는 한 일화로, 당시 혼자 떠나게 됐던 친구는 일본에 도착하여 갖은 고생을 하다가 계유다 대학에 입학을 하게 되고, 그곳에서 가다야마라는 여자를 만났다고 한다. 둘은 곧 사랑에 빠지고 결혼 약조까지 하게 되었는데 알고 보니 여자의 아버지는 당시 사회당 총리 출신에다 상의원까지 지낸 인물이었다. 약혼녀는 그의 외동딸이었다. 그녀의 아버지는 '조센징'과의 결혼을 심하게 반대했지만, 거기에 맞서 딸은 굽히지 않고 강경했다. 하루는 딸 가다야마가 아버지를 찾아가 무릎을 꿇고는,

"아버지 지금껏 감사했습니다. 이제 못난 딸 가다야마는 아버지 곁을 떠날 때가 된 것 같습니다. 부디 용서해주십시오. 소인 이제 갑니다."

그러고는 뒷주머니에서 독약을 꺼내 마시려 했다. 자식 이기는 부모가 있는가. 아버지는 결국 친구의 성을 일본식으로 바꾸는 조건으로 결혼을 승낙하기에 이른다. 그는 가다야마 마사오로 개칭한다. 후에 중년의 김종규는 오랜 친구를 만나러 야마도 시市에 들르는데, 친구는 당시 수십 개의 체인 백화점과 골프장을 운영하며 출세해 있었다고 한다.

■ 중앙대학교 법학과 입학

우여곡절 끝에 일본유학을 포기한 김종규는 한국의 대학에 들어가기로 마음을 고쳐먹고, 당시 전시로 인해 부산 송도에 옮겨와 있었던 중앙대학교 법학과에 지원하여 합격한다. 어린 시절 짧은 기간임에도 독립운동가 아버지의 밑에서 자란 그는 일정과 동족상잔의 비극을 겪으며 조국을 위해 무언가 해야겠다는 의지를 가지고 있었다. 법학과를 선택한 연유도 그런 것이었다. 그리고 그가 이제 막 학업에 열의를 불태우기 시작할 즈음, 첫 학년을 채 마치기도 전에 정부의 환도 정책이 시행되고 자연스럽게 학교도 옮겨가며 경성 이후 다시 한번 서울에서의 생활이 시작되려 하고 있었다. 서울로 곧 올라갈 채비를 하고 있을 무렵의 비 내리는 어느 날이었다. 학교에 가기 위해 집을 나서 한참을 걷고 있는데 저 멀리 송도 해변에서 사람 하나가 머리만 보이고 콜록거리다 쑥 들어가는 게 아닌가. 십 대로 보이는 소년이 바다에 빠져 몇 번을 허우적대다 이미 보이지 않았다. 그는 신발도 한 짝 채 벗지 못하고 다급하게 바다에 뛰어들었다. 소년임에도 물속에서 끄집어내려 하니 여간 힘이 드는 게 아니었다. 천신만고 끝에 겨우 해변에서 건져내니 그제야 소년의 동료인 듯 보이는 두 친구가 헐레벌떡 뛰어왔다. 일단 소년을 거꾸로 들쳐 메고 흔들어대니 토하듯

물을 뱉어냈다. 그리고 형뻘로 보이는 친구들의 부주의를 호되게 질타하고는 병원으로 신속히 옮기라 지시하곤 가던 길을 재촉했다. 다음날 부산의 국제일보에 '중대생의 미거'라는 기사가 났다. 당시 구해준 소년은 한국신학대학의 학장이었던 김재준 목사의 아들이었다. 누구나 목격했다면 마땅히 해야 할 일이었지만 신문에 기사화된 이후로 한 학기 등록금이 면제되는 특혜를 받기도 했다.

:: 명동 시절

춤, 낭만

만주와 경성, 8·15와 6·25, 가족과의 이별, 군 생활과 부상 등 시대의 혼란과 격랑 속에서 오로지 학업의 열의만 있었던 것은 아니었다. 당시 명예제대를 하고 난 그는 상이용사였다. 정부는 전쟁을 통과하면서 겪게 되는 그들의 외상 후 스트레스 장애나 신체 부상에 따른 고충에 마땅한 후속책 등을 제공해주지 못하고 있었고, 그것에 따른 반발로 당시 상이용사들의 행패는 날로 심해지고 있었다. 일단의 조처가 필요했다. 그리하여 정부에서는 시마다 지부를 두어 상이용사 보도과, 감찰과 등을 배치해 구역마다 그들을 관할했다. 마침 군 시절 김종규와 헌병대에서 같이 근무했던 상사가 상이용사 서울특별시 지부장으로 있었는데, 일전 그의 업무 능력을 높이 사 감찰과의 일을 종용해왔다. 환도와 함께 서울에서의 생활이 시작되고, 학업 이외의 새로운 일을 찾고 있었던 그는 명동 관할 상이용사 감찰과에 들어가 일을 맡아보게 되었다. 평상시에는 상이용사들의 지나친 행동을 제지하고, 더 나아가 그들의 취직도 알선해주는 업무였다. 허나 일을 맡아 그들을 관리하게 되면서부터는 오히려 명동에 있는 신식극장이라든가 클럽 등을 자유롭게 드나들 수 있게 되는 특권을 누렸다. 만주와 경성에서의 학창시절, 그리고 곧바로 터진 전쟁으로 딱딱한 군 생활만 겪었던 그에게 이런 명동의 문화는 그야말로 신세계였다. 그 즈음 친구 중에 춤을 매우 잘 추기로 유명한 '명도'라는 녀석이 있었는데, 그는 친구의 집에서 당시 귀했던 축음기를 틀어놓고는 블루스, 왈츠, 지르박, 맘보를 배웠다. 그는 소질이 있었고 이내 춤에 푹 빠져 빠르게 습득하고 매일같이 친구의 집에 모여 몰두하여 연습했다. 그러다 하루는 클럽에 들렀는데 미국에서 막 들어온 가수 박단마가 있었다. 음악은 김광수 밴드였고, 드럼에는 배호, 색소폰에는 이봉조였다. 분위기가 무르익자 '맘보 No.5'가 흘러나오고 박단마와 남자가 맘보를 추기 시작했는데, 그가 무대로 나가 같이 추는 남자를 제치고 호흡을 맞췄다. 얼마 후 사람들은 뜨겁게 열광했고, 김광수 밴드는 답으로 앵콜 몇 곡을 계속 이어서 연주했다. 이렇게 뜨거운 반응이 몇 번 더 있었고, 그는 이후 클럽 등지에서 꽤나 유명인사가 되었다. 피 끓는 한 때, 청춘의 낭만이었다. 당시 데뷔하기 전인 배우 김지미도 우연히 만나 댄스를 잠시 가르치기도 했다며 호방하게 그때를 소회한다.

제3대 국회의원 선거

점차 책상 앞에 앉아 하는 학업 자체에 크

게 매력을 느끼지 못했던 그는 보다 활동적이고 의미 있는 다른 일을 열망하고 있었다. 그때 학교의 같은 과 선배에게서 당시 국회의원 선거사무실에서 총무를 맡아보지 않겠냐는 제안을 받는다. 당시는 서울로 환도 후 제3대 국회의원 선거(1954.05.20.)를 앞두고 있었다. 이승만 전前대통령이 대통령직 연임을 위해 간선제에서 국민투표인 직선제 개헌을 밀어붙였고, 한바탕 정치파동을 치렀지만 결국은 강경하게 직선제를 결행해 재임에 성공한 후였다.

뒤이어 국회의원 선거였는데, 당시 선배를 통해 도움을 요청했던 인물은 서대문 갑의 민국당 김도연 박사였다. 고향이 김포이고, 국내 최초 콜롬비아 대학 경제학 박사로 초대 재무부장관을 지냈던 분이었다. 상대 인물은 자유당의 강창희였다. 그는 선거사무소에서 방명록을 관리하고, 활동에 참여할 인원들을 모집하는 일을 맡아 했다. 당시 선거활동을 위해 일일이 발로 뛰며 서울대, 연대, 이대 학생 130여 명을 모으는 등 적극적으로 활동하였다. 상대측에서는 발 빠른 그를 매수하기 위해 여러 차례 접근해 좋은 조건을 제시하기도 했는데, 그는 그때마다 단호하게 자리를 박차고 일어났다. 그는 이후로도 정치관련 운동을 해나가며 신의를 버리지 않고 정직하게 임하는 것을 철칙으로 삼았다. 당원들의 노력으로 결국 선거에서 김도연 박사가 당선되었다. 이때부터 김도연 박사는 그를 가상히 여겨 아꼈으며 그들은 매우 막역한 사이가 되었다. 그는 당시 민국당의 당수 격이었던 신익희 선생의 선거운동도 도왔다. 당시 신익희는 경기도 광주에서 입후보했는데 당원들이 홍보 전단 포스터를 꽤나 붙이고 다녔음에도 불구하고 지역 벽보에서 그의 얼굴은 찾아볼 수가 없고, 상대 인물인 최인기의 포스터만 눈에 띈다는 소식이었다. 이를 이상하게 여긴 김종규는 60여 명의 인원을 확보해 서둘러 광주로 달려갔다. 가만히 지켜보니 밤중을 틈타 경찰들이 동원되어 신익희 포스터 위에 최인기의 포스터를 덮어씌우고 있었다. 그는 경찰들과 몸싸움을 벌이면서까지 이를 저지하고 끝까지 신익희 선생을 보필했다. 선거에서 신익희 선생도 당선되었다. 하지만 선거의 총 결과는 자유당 114석, 무소속 68석, 민국당 15석, 국민회와 한민당이 각각 3석으로 자유당의 압승이었다.

그러던 같은 해 겨울 어느 날, 이승만은 재임도 모자라 3선 개헌을 밀어붙이기 시작했다. 종신집권을 위한 전초전이었다. 당시 개헌안의 표결은 재적인원 203명 중 135명이 개헌안에 찬성표를 던졌는데 재적인원의 3분의 2인 136명에서 1표 모자라는 수였으므로 부결되었다. 하지만 다음날 자유당 간부회는 긴급 소집회를 열어 수학자를 동원하고 해괴한 논리를 적용해 203명의 3분의 2는 135.333…이므로 영점 이하의 숫자는 1인이 되지 못하기에 사사오입하면 135이고, 따라서 헌법개정안은 가결된 것이라 선포한다. 사사오입 개헌이었다. 이로 인해 자유당의 소장파 의원들, 당시 26세로 거제에서 최연소 국회의원으로 당선되었던 김영삼 의원 등 12명의 의원은 이를 규탄하며 탈당했다. 당시의 민국당은 무소속 의원 60명 등과 호헌동지회를 만들어 단일 원내교섭단체를 구성한 상태였는데, 이에 자유당 의원들의 탈당을 유도하고 규합하는 데 성공했다. 그리고 1955년 9월 18일 민주당은 정식 출범된다. 대표최고위원에 신익희, 최고위원에는 조병옥, 장면, 곽상훈, 백남훈을 선출함으로써 한국의 정당정치는 비로소 자유당과 민주당이라는 양대 산맥으로 형성되기에 이른다. 김종규에게는 대학 시절 선배의 우연한 제안에서 시작된 일련의 일들이었지만 그는 이때부터 운명처럼 정치 활동에 몸을 던진다.

제2부

정당 활동, 그리고 미국으로의 망명

1961~1979

1

군사독재의 서막

이승만의 3·15부정선거의 여파로 국민들의 분노는 점점 더 뜨거워져 갔다. 이승만은 제4대 대통령에 출마했고 선거 중 민주당 대통령 후보 조병옥이 갑자기 사망함으로 인해 무투표 집권을 하게 된 상황이었다. 확실한 집권을 위해 러닝메이트였던 이기붕을 부통령으로 만들기 위해 정치깡패를 동원해 입후보 등록의 폭력적인 방해공작과 공개투표, 부정개표 등 대규모 부정행위를 자행했다. 3월 15일, 마산에서는 부정선거에 항의하는 대규모 시위가 벌어졌는데, 과도한 시위진압과 경찰의 실탄 발포로 8명이 사망하고, 72명이 총상을 입는다. 한 달 후 시위 당시 실종되었던 17세의 김주열 열사가 눈에 최루탄이 박힌 채 마산 앞바다에 떠오르자 그것이 도화선이 되어 4·19혁명이 일어난다. 결국, 일주일 뒤 이승만은 자진 사퇴하고, 민의원·참의원 합동회의에서 대통령은 윤보선, 국무총리에는 장면이 선출되며 대한민국은 안정기에 접어드는 듯 보였다. 하지만 그것도 잠시, 1961년 박정희는 나라를 구한다는 미명하에 5·16 군사쿠데타를 일으켜 역사의 시곗바늘을 원점으로 돌려놓았다. 일이 이렇게 되어버린 데에는 사건을 수습해야 할 지도자들의 적절치 못한 대응, 장면 총리가 수녀원에 숨어버리는 등, 악화일로로 치달아 결국 속수무책의 상황이 되었다. 제3공화국의 출범이었다. 박정희는 군사혁명조직위원회를 구성하여 전권을 장악하는 한편, 6개항의 '혁명공약'을 발표했는데, 그중 여섯 번째 항으로는, "양심적인 정치인에게 정권을 이양하고 군은 본연의 임무로 복귀한다."는 내용이었고, 국민들에게 3년간의 기간을 그렇게 약조한 채 군정 통치기에 들어간다. 한편, 야당은 5·16군사정변 추종세력이 집권할 여당에 대응하기 위해 윤보선, 김도연, 유진산, 서민호 등을 중심으로 구 신민당·구 자유당·구 민주당·무소속 등 4개 정파 연합으로 단일 야당 형성을 조직 중이었다. 이때 김종규는 충북 제천, 단양에서 신민계 제7지구당 위원장 일을 맡고 있었다.

당시 각 지구당에는 4파가 똑같은 비율로 인원을 둬야 했는데, 신당 창당을 위해 이러한 지구당이 전국 곳곳에 설치·운영되고 있었다.

그러던 어느 날, 박정희가 국가재건최고회의에서 4·8조치를 선언한다. 3년 뒤의 민정 이양과 원대복귀의 약조를 철회하고 군정기간을 4년 연장하는 것에 대한 국민투표를 시행하겠다고 발표하고 나선 것이다

■ 백조 그릴 사건

이에 민정당을 비롯한 야권 및 재야세력은 반발하고 나섰고, 결국 민주구국선언대회를 열어 군정 연장반대 국민운동을 계획하기에 이른다. 윤보선, 백남훈, 김도연 박사가 국민운동전개 소위원회 구성책임을 맡았고, 유진산, 서범석, 정해영 등이 선임업무를 분담해 일을 진행했다. 1963년 3월 22일 12시 5분 전, 종로1가의 백조 그릴에는 미리부터 근처 다방에서 대기하고 있던 인원들이 하나둘 모이기 시작했다. 백조 그릴로 결정된 데에는 그 지리적 여건이 광화문과 종로의 중간지점이기 때문이기도 했고, 대회 직후 가두행진을 하기에 용이했다. 거사 장소로 교섭하기 위해서 사전누설 위험을 피하기 위해 약혼식장으로 위장하였다. 백조 그릴 앞에는 '김인오 군와 박숙자 양의 약혼식장'이라는 팻말이 있었다. 정시가 되어 갑자기 의원·당원들이 대거 모여 들자 홀

주인은 당황하고 겁에 질려 사정을 하기 시작했다. 앞으로 영업을 하지 못하게 될지도 모르니 제발 사정을 봐달라는 것이었다. 이 대회를 주도했던 유진산은 호통을 치며 앞뒷문을 지키는 청년들에게 출입을 차단토록 지시했다. 변영태, 김준연, 박순천 여사 외에 150여 명이 모였다. 엄숙한 결의 속에서 각파 인사 88명이 서명한 선언문을 변영태가 낭독했다. 그리고 박순천 여사의 선창으로 만세 삼창을 외친 후 대회는 20분 만에 끝났다. 집회가 끝나자 시위대는 거리로 나가며 대열을 지어 품에서 미리 준비해두었던 플래카드를 꺼내 들고 '군정 연장반대'를 외치기 시작했다.

종로를 시작으로 화신백화점–을지로입구–시청 앞을 지나 미 대사관 쪽으로 향했다. 시위가 계속되는 동안 거리에 있던 시민과 학생들이 합류해 시위대는 2백여 명으로 늘어났다. 당시 시경 기동대는 이들을 연행하기 위해 시위대 무리에 무술 경관들을 심어서 같이 시위하는 척하며 주동이나 극렬로 보이는 인원의 등에다 분필로 엑스 표시를 했다. 그리고 골목길 등지에서 한 사람씩 연행해 가기 시작했다. 당시 김종규도 시위를 하다 화신백화점 코너 부근에서 붙들려 종로경찰서로 연행되었다. 연행된 인원은 100여 명이 넘었는데, 보아하니 쉰 살 이상은 풀어주고, 그 외의 인원은 모두 경찰서 뒤편 체육관으로 끌고 갔다. 임시로 가설된 유치장에 들어

갔는데 간부들이 의외로 친절하게 굴었다. 담배도 갖다 주고, 담요도 인원 당 두 장씩 갖다 주는 배려를 보였다. 이를 수상쩍게 여긴 김종규가 나섰다.

"이들의 행동이 어딘가 수상합니다. 담요를 덮어선 안 될 거 같습니다. 밤중에 말아서 어딘가로 데려갈 수도 있으니 스크럼을 짭시다!"

그는 유치장에 있는 사람들에게 담요를 덮지 말고 스크럼을 짜라고 지시하고 버텼다. 잠시 후 이를 보고받은 서장이 오더니 말한즉슨, 본인들은 시키는 대로 일만 할 뿐이고, 마음에 짐을 지고 있다는 말과 함께 선생들은 혁명정부랑 싸우는 거 아니냐며 간청을 했다. 그리고 할 수 없게도 곧 수도방위사령부로 이동해야 한다고 말했다. 시위대들은 민간인이 군대에서 취조받는 경우가 어디 있냐며 구속영장을 가져오라 외쳤다. 허나 결국 그들은 새벽 2시에 강제로 버스에 실렸다. 뒤에서는 기자들이 차량으로 따라오며 명단을 공개하라고 소리쳤다. 새벽에 이른 곳은 서대문형무소였다. 그때 총 인원은 105명이었다. 간단한 서류를 작성한 뒤 수의를 갈아

입고 지정된 '일사하일방'에 들어갔는데 24명이 수감되는 옥이었다. 그곳엔 당시 2선 시절이었던 김영삼 의원, 그 외에도 김상윾, 곽태진, 윤병한, 김창숙, 김재광, 홍용준 의원 등이 있었다.

앞으로의 긴 인연이 될 김영삼 전前대통령과의 첫 만남이었다. 감방 안은 열악하고 상당히 비좁아서 다 같이 누우면 서로 포개져 자야 하는 꼴이었다. 이렇게 그들은 23일간 옥에 갇혀있었다. 옥중에 24명의 장정들이 있다 보니 본의 아니게 몇 가지 사소한 일들이 생겼다. 하루는 옥중에서 김종규 다음으로 가장 나이가 적었던 당시 김영삼 의원이 저녁에 식빵과 날계란을 사식으로 받아 다음 날 먹기 위해 선반 위에 올려놓았다고 한다. 그런데 아침에 일어나고 보니 허물만 남긴 채 모두 사라져버렸다. 여기저기서 "누가 먹었지?" 웅성거리니, 저쪽 한 편 덩치 큰 한 당원의 낯빛이 어두워졌다. 감방장이었던 김종규도 한마디 거들었다. "한 방에 있었으면 동료가 먹었겠지, 쥐가 먹었는지, 말이 먹었는지 알게 뭐야?" 그러니 김영삼 의원이 하는 말이, "누가 먹었든 먹었으면 됐지 뭔 문제야." 옥중 귀한 사식 앞에서도 태연했다 한다. 어느 날은 형무소 간부가 갑자기 한 사람씩 불러내기 시작했다. 가보니 당시 공보부장 이후락이 있었고 다음 국회의원 선거에 출마하지 않겠다는 각서를 쓰지 않으면 출소시켜주지 않겠다고 협박했다. 옥중이 워낙 괴롭다 보니 각서를 빨리 써버리고 출소하려는 이들도 있었다. 김영삼은 강경하게 거부의 뜻을 밝혔고, 김종규도 끝내 각서를 쓰지 않고 버텼다고 한다. 23일간의 옥중생활을 마치고 출소한 이후, 당시 옥중동기회를 만들고자 하는 우스갯소리가 나왔고, 회장은 김영삼, 총무는 김종규로 추대되었으나 옥중동지임에도 불구하고 의원들이었던 그들은 갑론을박 말이 많아 결국 소통과 화합이 원활히 이루어지지 않아 그만두기로 했다.

2

생업, 결혼, 그리고 연좌제

형님의 죽음

정당 일을 계속해서 맡아하는 와중에도 생업은 이어나가야 했다. 어린 시절 만주 초등학교 때의 담임이었던 김관진 대령이 2군단 특무대장으로 재직 중이었다. 도움을 받아 보안사령부의 전신인 2군단 특무대(CIC) 문관 중위에 준하는 상급 13호봉 자격으로 일을 했다. 거처를 강원도로 옮겨 차분히 자리를 잡고 맡은바 소임을 충실히 수행하고 있을 무렵의 어느 날 서울에서 급한 전보가 도착했다. 둘째 형님이 갑자기 돌아가셨다는 소식이었다. 아뜩했으나 정신을 바짝 차려야했다. 제2고보 시절부터 부모와 떨어져 경성생활을 하며 실제로 많은 도움을 주고받고, 또한 정신적으로 의지했던 형님이었다. 군에 있을 때를 제외하고는 항시 형님 내외와 함께 생활해왔던 그였는데 하필 강원도에서 근무하여 떨어져 있게 된 기간에 이런 일이 벌어진 것이다. 그렇게 형님이 갑작스레 돌아가시고부터 김종규는 형님 댁의 실질적인 가장 역할을 하게 되었고, 네 명의 조카아이들의 뒷바라지도 그가 맡아했다. 사정이 다급하기도 했고, 항시 가족·친척에 대해 유독 애정이 깊었던 그에게는 당연한 결정이었다. 홀몸이 된 형수는 짐이 되기 싫다며 직접 일을 하러 나서겠다고 했지만 몸도 성치 않고, 홀로 네 명의 아이를 오롯이 곁에서 돌봐야 하는 일도 버거울 것 같아 한사코 말렸다. 일이 이렇게 되고 보니 당시 직장에서 나오는 월급으로는 감당이 될 리 없었고, 그 길로 사표를 내고 을지로3가 부근에서 철물장사를 시작하게 되었다. 그로부터는 형수에게 매달 생활비와 조카들 교육비를 쥐어주었다. 힘겨운 와중에도 열심히 공부하는 조카들을 보며 항시 뿌듯함을 느꼈다. 한 번은 이런 일도 있었다.

훗날 그 중의 남자아이 하나가 공부를 곧잘 하여 서울대 상과대학 입학통지서를 가져왔다. 그는 조카가 하도 대견하고 자랑스럽기도 하여 등록금을 선뜻 쥐어주었는데 웬일인지 조카는 그 돈으로 입학등록은 하질 않고 정장을 사 입고 온 것이었다. 어이가 없어 호통을 치니 조카아이가 말하는 즉, 더 이상 작은 아버지에게 신세를 질 수가 없고 어머니도 더 이상 고생시켜드릴 수가 없어 바로 취직을 하겠다고 했다. 호통을 치긴 했으나 조카아이도 이제는 스스로 결정해야 할 성인이 되어 판단한 것이니 자초지종을 모두 듣고는 결국 수긍하여 오히려 취직자리를 알아봐 주기도 하였다. 또 그 밑의 여자아이도 학업을 꾸준히 하여 성균관대 독어과에 입학했다. 당시는 김종규 또한 형편이 만만치 않을 때임에도 아이의 공부를 위해 빌려서라도 등록금을 마련해주었다. 훗날 이 조카도 자립하여 독일유학길에 오르고, 독일어 사전도 공동집필하는 등 현재까지 여러 가지 활동들을 왕성히 하고 있다.

결혼, 그리고 생업

그 무렵 1964년 봄, 가까운 친구의 소개로 한 아가씨를 만났다. 일곱 살 연하의 이진자 여사는 당시 교회와 예식장에서 피아노 치는 일을 하고 있었다. 김종규는 그녀의 꾸밈없이 바르고 순진한 면모가 한 눈에 마음에 들었다. 명동 한일관의 첫 만남에서 그녀는 처음 보는 상대 앞에서 비빔밥을 시켜 쓱쓱 비벼 한 그릇 뚝딱 비우는 내숭 없는 모습과 데이트를 위해 들른 댄스홀에서는 부모 밑에서 조신하고 바르게 자란 탓인지 쑥스러워 하는 순진한 모습도 있었다. 관계는 서서히 무르익어갔고, 둘은 곧 결혼을 약조하게 이르렀다. 모든 것이 순조롭게 흘러가는 듯했으나 곧 예상치 않은 큰 장벽에 부딪혔다. 장인의 반대가 무척이나 심했는데, 그건 김종규의 정치이력 때문이었다. 몇 차례의 간곡한 설득에도 불구하고 장인은 정치건 정당이건 당장 그만두지 않으면 결혼은 절대 허락할 수 없노라 반대하였다.

하필이면 당시 그 또한 손대는 사업마다 정당활동의 전력으로 불이익을 당하고 있던 참이었다. 실상 정치에 대한 뜨거운 염원이 안정적인 가정과 생업을 담보해주진 못했다. 그러던 1965년 12월 18일, 어려웠던 과정만큼이나 추웠던 영하20도의 날씨에 서울 광화문 시민회관예식장에서 그의 나이 서른넷에 식을 올렸다. 민국당 시절부터 계속 이어지고 있었던 귀중한 인연인 김도연 박사가 주례를 맡아주었다.

*

곧 첫 아이(김성)가 태어나고 둘째(김현)가 들어섰다. 그는 어린 시절 유학과 전쟁으로 인해 너무 일찍 부모 형제들과 이별의 아픔을 겪고는 한 번도 단란한 가정에서 보살핌을 받지 못했다. 평생 그의 주위에는 항상 사람이 많았는데 이 또한 가정에서 채울 수 없었던 뿌리 깊은 외로움이나 그리움의 발로는 아니었을까. 그는 일생동안 유독 형제, 심지어 먼 친척들에게까지 깊은 애정을 보이곤 했는데, 가정이 생긴 이후에 아내와 딸들에 대한 애착은 그보다 훨씬 더 진한 것이었다. 가족들에게 본인이 누리지 못한 안락한 가정을 꾸려주고 싶음은 다른 이들보다 더 절실한 평생의 과업이었을 것이다. 당시는 결혼과 함께 딸들의 출산과 임신으로 더 분주하게 일들을 전전해나가다 신촌에서 샷시공장인 한은상공사의 회장직을 맡으며 일에 박차를 가하고 있을 때였다. 일은 그럭저럭 잘되었으나 사업을 조금 더 확장시키고자 하는 마음이 일었다. 한은상공사와 분리하여 다른 고민을 하던 차에 '징크아트'라는 사업을 구상하게 되었다. '아연의 예술'이라는 의미의 징크아트는 스틸에다 아연도금을 하는 작업이었고 한마디로 약품을 개발해 착색하는 과정이었다. 당시 국내에는 이 기술이 보편화되지 않아 가능성이 있다고 보았다. 일본의 대기업 미쓰이(삼정물산)가 기계계발 및 기술을 갖고 있었고, 그는 주식회사를 만들어 미쓰이와 기술제휴를 위해 일본을 오가며 사업을 준비했다.

그는 만주에서의 어린시절과 일정을 거치며 중국어, 일본어에 능

통했기 때문에 일본의 연구소 등지를 홀로 오가며 사업을 추진해 나가는데 큰 어려움은 없었다. 그 때의 사업 결과물은 현재 서울대 관악캠퍼스 건물들에 그 흔적들이 남아있다. 그렇게 사업을 성사시키고 서서히 번창해나갈 무렵 한 가지 문제가 생겼다. 그는 결혼 당시 장인과의 약조와 함께 가정을 위해 큰 결심을 하곤 정당 활동을 전면 그만둔 상태였지만, 전까지 활동했던 이력이 남아 정부의 간섭이 이만저만이 아니었다. 어디를 가도 따라와 괴롭히는 정부의 세무조사와 끈질긴 간섭을 견디기가 쉽지 않았다. 정치활동 전력이 있는 사업가들이 특정정당과 후보에게 자금을 댈 것이라는 의심으로 계속해서 김종규를 감시하고, 그것도 모자라 그의 사업장을 압박했다. 폭압적인 박정희 정권은 당시 김영삼·김대중 등 야당정치인들에 대한 압박도 무자비했고, 그로 인해 후에 '김대중 납치사건'이라든가 '김영삼 가택연금' 등 무소불위의 권력을 휘둘렀다. 박정희와 그의 하수격인 중앙정보부는 그에 대응하는 정치인과 그 세력, 또한 자금을 지원하는 루트를 파악해 씨를 말려버리려는 속셈이었다. 그로 인해 받는 어처구니없는 불이익은 김종규만이 아니라 같이 일하는 동업자와 직원들에게도 고스란히 돌아갔다. 긴 안목으로 바라보고, 공을 들여야 하는 사업이었지만 당장의 그에게는 무리였다. 결국 견딜 수 없었던 그는 그동안 공들여 기반을 다진 회사를 지인에게 넘겨줌으로써 사업체에서 손을 떼게 된다. 이러한 혹독한 감시와 간섭은 이 전후로도 계속 그를 따라다니며 괴롭혔다. 이러한 시기에 셋째(김필)가 태어났다. 축복받을 만한 일이었지만 한편으로 앞으로의 나날들을 생각하면 그의 어깨는 점점 더 무거워만 갔다. 갑자기 찾아온 고난의 계절이었다. 그러던 어느 날, 순수한 노력으로는 도저히 일구어낼 수 없는 대한민국 땅에서 도대체 어떻게 살아내야 하는지 고심하며 방도를 구하던 중, 그는 이 삼엄한 독재정권에서 정당한 기회를 얻지 못하느니 차라리 새로운 삶을 꿈꾸게 된다.

'미국으로 가서 빌어먹자!'

가족들을 부양해야하는 가장으로써는 최선의 선택이라고 믿었다. 그는 뼈를 깎는 마음으로 모든 것을 버리고 가족들을 데리고 고국을 떠나기로 결심한다. 국가의 침해는 그만큼 혹독했다. 그러나 그의 이러한 처절하고 결연한 의지도 이내 한풀 꺾이고 만다. 타국에 나가 당을 위해 재야의 정치활동을 할 것으로 판단한 정부는 그를 신원조회 불가상태로 판정, 여권이 발급될 수 없음을 통고한다.

3

미국 망명

출국 전 김영삼 총재와의 만남

여권을 발급받기 위해 여러 사람의 도움을 받으며 백방으로 노력하고 있었던 즈음, 그가 각별히 아꼈던 조카의 졸업식에 참석하게 되었다. 한데 당시 야당당수였던 김영삼의 아들 김은철이 조카와 중앙고등학교 동기동창이었다. 뜻밖의 반가운 마주침이었다. 김영삼 총재가 졸업식 축사를 하고 사람들의 환영을 받으며 인파를 헤치며 이동하는데 그와 눈이 마주쳤다. 정당 활동을 그만둔 뒤 실로 오래간만의 일이었다. 김영삼 총재가 인파 속에서 먼저 오래간만의 동지를 알아보곤 다가와 악수를 건네며 안부를 전해왔다. 그 또한 간만의 안부를 묻고는 그 자리에서 간단한 근황과 함께 곧 떠날 미국으로의 이민소식을 전했다.

"할 수 없이 이민을 가게 되었습니다."

"허, 그래? 헐 수 없지. 김동지가 여기 있어야 되는데."

"제가 여기서 뭘 합니까. 저 짝에서는 죽을 때(유신)까지 한다는데 여기서 뭘 하겠습니까. 애, 셋 데리고 미국에 빌어먹으러 갑니다."

이것이 미국으로 출국 전 김영삼 총재와 나누었던 마지막 대화가 되었다.

59
정당 활동, 그리고 미국으로의 망명

제3부

미국, 그리고 재야在野의 민주화 운동 1

1980~1985

1

플로리다, 그리고 다시 상도동

플로리다

74년에 신청한 여권이 우여곡절 끝에 결국 4년이 지나고서야 나왔다. 1978년 4월 15일, 드디어 그도 미국 플로리다에 있는 가족 곁으로 안착했다. 이진자 여사는 이미 2년 전 열 살도 채 안된 아이 셋을 데리고 낯선 미국 땅에 들어와 이역만리 고난의 땅에서 고군분투 일하며 아이들을 혼자 키워냈다. 부인의 노고를 너무나 잘 알고 있었던 그가 도착하자마자 가장 먼저 한 일은 일자리를 찾는 것이었다. 당장에 한국에서처럼 큰 사업을 벌일 순 없겠지만, 그 동안 받은 정당하지 않은 불이익이나 여권 문제로 한동안 시달렸던 터라 그는 무슨 일을 해도 할 수 있다는 마음이었다. 그가 이미 막 불혹을 넘어선 나이에 미국에서 얻은 첫 직장은 올랜도 디즈니월드의 대형 레스토랑 서빙이었다. 그가 당장 이 일을 선택한 데에는 일한 만큼 팁을 많이 받을 수 있어서였고 실제로도 월급보다 팁을 더 받을 정도로 물불을 가리지 않고 일했다. 이후로도 그는 일일이 열거하기 힘든 일들을 마다하지 않고 뛰어들었다.

한인회장, 그리고 상도동

여러 가지 일들을 전전하며 풍족하진 않았어도 플로리다 생활은 점차 나아지는 기미가 보였고, 세 딸들도 학교에 입학하며 점점 안정을 찾아나가고 있을 무렵이었다. 그런 즈음에도 고국의 상황은 전혀 나아질 기미가 보이지 않았다. 그러던 1979년 10월26일 박정희가 중앙정보부장 김재규에게 암살되면서 어둡고 긴 터널이었던 유신의 막이 내려가며 '서울의 봄'이 오는 듯했다. 하지만 뒤이어 당시 보안사령관 전두환과 노태우 등의 신군부세력이 12·12사태를 일으켜 정승화 육군 참모총장을 검거하는 하극상을 벌이며 실권을 장악하고 제5공화국으로의 이행을 준비하고 있었다. 신군정이 이어지고 있었고, 이에 퇴진을 요구하는 5·18 광주 민주항쟁에서는 계엄령을 선포, 작전명 '화려한 휴가'의 잔인한 공수부대를 투입해 무차별적 강제진압을 강행했다. 이 무력진압으로 인한 민간인 사상자는 수백 명에 달했다. 당시 신민당 총재였던 김영삼은 신군부에 의한 5·17 비상계엄은 민주회복이라는 국민적 목표를 배신한 폭거라고 규정한 뒤 상도동 자택에서 신군부를 규탄하는 기자회견을 열었다. 김영삼은 회견 도중 군인들에 의해서 불법적으로 강제가택연금을 당하게 되는데, 이것은 계속 이어져 83년 민주화 요구 4개항을 주장하며 시작된 23일간의 '무기한 단식농성'으로 인해 해제될 때까지 2년 동안 지속된다. 국내의 언론들은 군부의 삼엄한 통제 하에 이 모든 상황들을 보도조차 하지 못했다. 박정희 사후에도 군부독재는 종식될 줄 모르고, 국민들의 민주화에 대한 열망은 뜨거웠지만 그것은 아직 먼 이야기처럼 여겨졌다.

*

한편 김종규는 당시 주위의 권유로 중앙 플로리다 한인회장에 출마해 당선되어 여러 가지 일을 맡아보고 있었다. 그리고 틈틈이 외신을 통해 국내정세를 지켜보고 있었다. 김영삼 당시 총재의 2년간의 가택연금과 무기한 단식농성은 국내 언론에서는 보도되지 않았는데, 그는 외신을 통해 이 소식을 전해 듣고는 참담한 심정이 아닐 수 없었다. 고국을 떠난 이후에도 전혀 나아지지 않는 한국의 현실과 심지어 언론의 자유마저 통제되어 보도조차 되지 않은 상황에 분노가 치밀었고, 그럼에도 두 손 놓고 지켜볼 수밖에 없는 상황이 갑갑하기만 했다. 또한 정당활동 시기에 주위에서 항상 지켜보았던 김영삼 총재의 고난이 눈에 밟혔고, 미국으로의 출국 전 마지막 만남도 기억이 났다.

"김동지가 여기 있어야 되는데."

그는 더 이상 지켜볼 수만은 없다고 판단했고, 무엇이 되었든 타지에서라도 고국을 위해서 할 수 있는 일이 있다면 해야겠다는 생각에 이르렀다. 그 길로 그는 더 이상 지체할 것 없이 바로 한국으로 가는 비행기 편에 올랐고, 도착하는 즉시 상도동으로 향했다. 일전에 항상 북적거리던 상도동은 쥐 죽은 듯이 조용했다. 당시는 김영삼 총재가 단식투쟁 이후 연금이 해제되고부터 몸이 급격히 쇠약해지는 바람에 서울대병원에 입원해 있다가 막 퇴원한 직후였다. 김영삼 전 총재는 회복이 완전히 되지 않아 초췌한 모습으로도 오랜만의 해후를 매우 반가워했고 그들은 서로의 안부를 물었다. 오랜 시간에 걸쳐 김영삼 전 총재는 단식투쟁 당시의 이야기를 했고, 김종규는 외신을 통해 들었으며 가슴을 치다가 도저히 그냥 두고 볼 수가 없어 찾아왔노라, 고생 많이 하셨노라고 답했다. 이어서 그 날 허심탄회한 대화의 자리에서 김 전 총재는 선뜻 김종규에게 민주화를 위해 본인을 도와달라는 요청을 해왔다.

김종규는 끝을 모르는 군부의 방만한 독재, 언론탄압, 국민의 자유가 보장되지 못한 조국을 더는 두고 지켜볼 수만은 없다고 판단했고, 그 또한 그러한 탄압으로 이역만리 타향으로 떠나게 된 것이었다. 머나먼 미국 땅이지만 재야에서라도 필히 민주화에 힘을 보태야겠다는 생각과 함께, 이제 김영삼 총재를 도와 그토록 염원했던 민주화를 기필코 이루고 싶다는 열망이 일었다. 그 날 김 총재는 그에게 본인이 직접 쓴 서예 하나를 건넸다.

'극세척도 克世拓道 – 어려운 세상을 같이 개척해나가자.'

:: 단식투쟁 이후의 김영삼 총재와의 만남

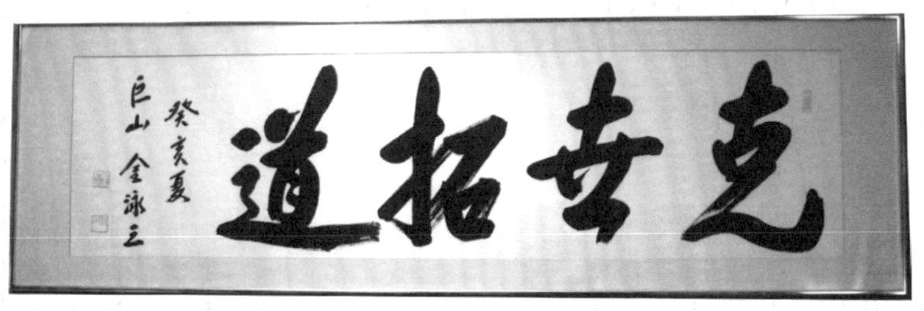

:: 극세척도 – '어려운 세상을 같이 개척해나가자'

2

뉴욕타임즈

뉴욕타임즈 사설 기고

그 후로 그는 한국과 미국을 수시로 오가며 매번 상도동으로 향했다. 두 번째 방문했을 때, 김 총재는 잠시 생각에 잠기더니 2층 집무실로 같이 올라가자고 일렀다. 잠시 기다리라 이르곤 바로 종이를 꺼내더니 그를 세워두고 오랫동안 무언가를 적기 시작했다. 한참을 적고나서 다시 한 번 검토하더니 마침내 몇 장의 원고를 건넸다.

"이걸 뉴욕타임즈에 실어주게."

당시 5공 세력은 5·18을 비롯, 국가보위입법회의라는 어용단체를 만들어 야당정치지도자들을 감금하고 정치활동을 전면 금지했다. 학생들이 곳곳에서 반발하고 저항했지만 언론에서는 이조차 크게 다루지 않았다. 김대중도 형무소를 전전하다 결국 쫓겨 미국에 망명을 가 있는 상태였고, 김영삼은 단식투쟁으로 막 해금되었을 시기였다. 미국은 신군부가 쿠데타로 인해 실권을 장악하고 있음에도 모르쇠로 일관하고 있었고, 이것을 제국주의의 암묵적인 동의라고 본 김 총재는 언론에 빌어 호소하려했으나 정권의 감시하에 숨만 죽이고 있던 어떤 신문사도 기사 한 줄 게재해줄리 만무했다. 민주화 운동의 뜻을 밝히기 위해 국내가 아닌 외신의 도움을 받아야 할 때였다. 김종규는 서한을 받아 혹 서슬 퍼런 안기부에 들키기라도 할 새라 조심히 원고를 품 안에 넣고 곧장 미국으로 향했다. 소식통에 의하면 뉴욕타임즈에 바로 가면 사정해도 게재해줄리 만무하고, 우선 하버드대학의 코넬 교수를 만나야 한다고 했다.

그는 즉시 지구의 반 바퀴를 돌아 코넬 교수를 찾아가 현 대한민국의 상황과 이 서한의 중요성에 대해서 끈질기게 설명했다. 코넬 교수는 신중하게 이야기를 듣곤 전화 한 통을 걸더니 뉴욕타임즈의 한 편집장에게 가보라고 했다. 그 다음날 또 비행기를 타고 편집장을 찾아 국내 사정과 코넬 교수의 전언을 전하고는 역시 한참을 설득해 기고해줄 것을 부탁했다. 하지만 편집장은 서한은 거들떠보지도 않은 채 바쁜 듯 키보드를 두드리며 책상 앞에 놔두고 가라며 일침 했다. 몇 번을 더 간곡히 부탁했지만 확답은 해주지 않았고 하는 수 없이 초조함을 안은 채 플로리다로 돌아오는 수밖에 없었다. 하루, 이틀 애타게 기다리는데 기사는 실리지 않았고 별다른 기별이 없었다. 그리고 얼마 후 상도동에서,

"거 왜 안 나지?"

"글쎄 분명히 갔다 줬는데 안 나네요. 어떻게 해야 하지……."

"조금 더 기다려보지."

서울에 머무르며 다음 날, 또 다음 날도 기다렸으나 역시 기사는 나지 않았다.

"아…. 분명 갔다 줬는데 안 되는 모양입니다."

그렇게 뚜렷한 영문도 모른 채 두 달여의 시간이 흘렀고, 참모진들과 함께 다른 방법을 모색하는 수밖에 없었다. 그런데 얼마 지나지 않아 놀라운 일이 벌어졌다.

당시는 강경노선이었던 미국의 40대 대통령 로널드 레이건의 방한 일정이 잡혀있었다. 그런데 대통령 방한 열흘 전, 갑자기 김영삼 총재의 원고가 뉴욕타임즈에 게재되었다는 소식으로 떠들썩해졌다. 김종규가 원고를 전해줄 때만 해도 즉각적인 반응은 없었지만 뉴욕타임즈 측 또한 당시 이 원고의 중요성을 인지하고 있었던 것이고, 아마 그 게재타이밍을 노린 모양이었다. 1983년 11월 6일자에 원고는 뉴욕타임즈 사설에 실렸다. '미국은 독재정권 지지를 철회해야한다! 미국은 이것에 속히 대답해야한다!'가 주요골자였다. 사설이 실린 뒤 레이건 대통령은 방한과 함께 야당대표로 김영삼 총재를 국회에 초청했고 둘은 비공개 대담을 나누게 되었다. 김종규가 재야에서 발로 뛰며 만들어낸 민주화 운동의 첫 결실이었다. 당시 김영삼 총재의 민주화에 대한 뜨거운 결의가 드러나는 친필 원고 전문을 싣는다.

8·15 메시지

다시 국민에게 드리는 글

미국은 대답해야 한다

:: 당시의 원고들

민주국민 내부를 결집하고 통일하는 일입니다. 개별적으로 분산, 고립된 민주화 운동은 그 과정에서 개별격파 또는 좌절되기 쉽습니다. 우리의 민주화 운동을 와해하려는 끊임없는 분열·이간 공작이 있을 것입니다. 이제 성숙된 민주국민으로서의 자기욕구를 분출하고 확인할수 있는 연대활동과 홍보활동이 절실히 요청되고 있습니다. 민생운동, 민권운동들 민주화를 추진하는 전체국민 역량을 결집하고, 강화하며 상호연대하는 운동으로 발전해야 하는 것입니다. 우리는 이러한 일들을 위하여 우리를 언제나 개방할 것입니다.

친애하는 국민여러분!

민주화 추진운동은 궁극적으로 정의실천운동이며, 국민내부의 정의로운 화해운동입니다. 우리는 민주화 그 자체를 목표로 하고 있습니다. 우리는 민주화를 위해서라면 우리자신의 모든것을 던지고 비울수 있어야 합니다. 우리는 현정권이 자신의 역사적 과오를 인정, 사과하고, 하나의 사심도 없이 민주화를 추진하고자 한다면, 다시 말해 진정 민주화를 실현하는 전제라면, 현정권과의 대화를 배격하지 않습니다. 정치적으로나 경제적으로 위난에 빠진 나라를 건지는 것이 우리에게는 급선무인 것입니다.

폭력을 휘두르는 현정권이 외견(外見)으로는 강한 것처럼 보이지만, 국민의 지지가 없다는 결정적인 약점을 안고 있습니다. 그러므로 우리는 민주화에 대한 튼튼한 신념으로 항상 깨어 있지 않으면 안됩니다. 정치, 경제, 사회의 모든분야에 있어서 오늘의 상황은 유신체제의 말기보다 더 나쁜 증상을 보이고 있습니다. 민주화운동은 민주화 할수 있는 기회의 포착뿐만이 아니라, 그렇게 이룩한 민주주의를 지킬수 있는 힘까지를 국민내부에 축적하는 것이어야 합니다. 그것을 위하여 나아갑시다. 민주화는 제2의 해방운동인 것입니다.

1984년 8월 15일
해방의 날에

민주화 추진협의회
고 문 金大中
공동의장 金泳三
공동의장 권한대행 金相賢

(5)

:: 친필원고

THE NEW YORK TIMES, SUNDAY, NOVEMBER 6, 1983

Korean Democracy Needs Reagan

By Kim Young Sam

SEOUL, South Korea — South Koreans remain convinced that freedom and democracy, which they still believe are the common goals of America and South Korea, will eventually reign. President Reagan, who is to visit Seoul in a few days, can help. Will he?

Many Americans died in the Korean War, and United States forces remain here today. Under these circumstances, we South Koreans refuse to believe that what is involved is merely the deterring of war in the Korean Peninsula and east Asia. We believe that fundamentally what is at stake is the shared pursuit of the values of freedom and democracy.

Unfortunately, American policy toward South Korea is perceived by Gen. Chun Doo Hwan's regime as overlooking, even condoning, blatant violations of basic human rights, which involve repressive secret police and brutal torturing of political prisoners. Obviously, there are many reasons for this perception, but one deserves to be singled out. Successive dictatorial rulers have taken full advantage of visits by American Presidents. They present the good will that Presidents show the Korean people as a sign of unqualified political support for their regimes. This is why many people have misgivings about what the Reagan visit might bring.

One reason President Reagan gave for the invasion of Grenada was the need to restore order and democracy. I believe he owes it to himself and that principle to use his visit here to emphasize my country's great need for restoration of democracy.

Arguments are familiarly presented elsewhere that it is sometimes inevitable that a dictatorship should receive American support if political stability is to be attained. But political stability imposed and enforced by dictatorial rule is nothing more than the stability of the cemetery. Such stability is often pregnant with potential rejection and denial by the people. The unrest gripping the Philippines in the wake of Beningo S. Aquino's murder shows that the stability under President Ferdinand E. Marcos's rule has not been stability at all.

Dictatorial rulers like President Chun and his predecessor, Park Chung Hee, frequently argue that to wage an effective battle against Communism, it is necessary to shelve basic human rights and freedom. This argument is as fallacious as the proposition that one should burn down a house to prevent a thief from entering it.

Dictatorships, especially military dictatorships, are bound to become corrupt. When freedom of the press is effectively curbed, corrupt practices can easily thrive and become rampant. A recent scandal involving illicit financial dealings, as well as an even larger financial scandal last year, was an offshoot of criminal corruption in the highest ruling circles. Members of the military dictator's family were especially implicated in the criminal practices.

These are but a few visible manifestations of the regime's corruption. America asks South Koreans to trust this corrupt, immoral regime. Let me ask the American people: Would you trust this kind of immoral Government if it were yours?

While South Koreans join the peoples of the world in voicing outrage at the Soviet Union's shooting down a Korean Air Lines plane with 269 people aboard and the Rangoon bombings that killed 19 Seoul officials, they are also painfully reminded of the thousands of civilians massacred by South Korean troops in Kwangju in 1980 when they were protesting against the military regime.

Koreans know it is their own task to restore democracy — no one else can do it for them. They can achieve it. But it will come only with a change in the Constitution so that they have the power to choose their own representatives. We do not beg Washington to actively intervene on behalf of our struggle to restore democracy. But we do ask its moral support. That involves changing its foreign policy. We keep asking questions: If we cannot turn to America for the justice that it represents, where can we turn? Where else can we find the moral uprightness with which America has been so long identified?

People everywhere who suffer oppression ask these same questions. They are questions America must ask itself. The tone of America's response must be firm and consistent. We do not expect to hear well-chosen phrases of so-called quiet diplomacy but firm unchangeable, indestructible words. These are the questions of our time that America must answer.

As leader of the South Korean opposition, I hope — and expect — that President Reagan will afford me an opportunity to discuss with him personally our mutual concern for human rights and democracy.

Kim Young Sam headed the New Democratic Party in South Korea. He was released from house arrest last June during a 23-day hunger strike to demand restoration of democracy, and is banned from politics until 1988.

WASHINGTON, Nov. 5 — One year from now, the American people will choose a President for the last years of the 1980's. Nobody can foretell their answer, but at the beginning it might be useful to get the questions straight.

Will the candidates use these next 12 months to clarify the issues for decision in the last half of the 80's, or merely give us another angry, divisive and confusing struggle for personal and party power? Will the people look back or look forward?

The debate so far has not been promising. It has been mainly arguments over past and present policies and personalities and campaign tactics. This was to be expected, but as Churchill once said: "If we open up a quarrel between the past and the present, we shall find that we have lost the future."

Both parties have usually insisted that their victory would lead to peace and prosperity, their defeat to calamity. Occasionally, the vote did make a difference: the victories of the two Roosevelts, one a Republican and the other a Democrat, illustrate the point.

They reached the pinnacle of power at critical times in the economic and political history of the nation at home and abroad. They argued, like Mr. Lincoln, that "as the world is new, we must think anew."

The last years of the 80's are likely to be another such time. There is now, I think, a vague feeling among the American people that the present problems are not just another dip in the old merry-go-round that will go away, but new industrial, scientific, political and nuclear problems that have changed the nature of work, trade and warfare.

The workers in Detroit and in the rest of the wheel industries of the industrial Middle West are not sure they will ever go back to their old jobs and battles with management as before.

The allied governments know, though many of their people don't, that they cannot deal with the threat of

미국은 대답해야 한다.

– 뉴욕타임즈

1982년의 부산미국문화원 방화사건의 중심인물인 기독교 신학생 문부식 군은 법정에서 "1979년의 10·26사태 후 한국의 국민적 염원을 알았다면 미국은 12·12사태와 광주사태를 미연에 방지하거나 저지하는 입장이어야 했다. 그러나 미국은 오히려 독재권력의 편에서서 유신정권 이래 영향력을 행사해 왔다 지금까지 반공만 내세우면 어떠한 정권일지라도 그것을 지원해오던 미국에 경고할 목적으로 나는 방화를 결심했고 또 실행했다."고 말하면서, "우방이라는 말은 종속관계를 가리키는 말이 아니라 친구를 가리키는 말이다. 그러나 한국에 있는 중요한 미국사람들 가운데는 그것을 종속으로 이해했고 또 그렇게 말했다."고 함으로써 한미 간의 관계에 대하여 자신의 행동과 말을 통하여 강력한 회의와 항의를 제기하였다. 그의 말이 한미관계의 단절을 촉구하는 것으로 이해되어서는 안 된다.

오히려 거기에는 진정한 우방 관계를 갈구하는 열망이 담겨져 있는 것이며, 또한 민주주의를 갈망하는 대다수 한국국민의 의사가 대변되고 있다.

한국 국민은 한미양국이 공동으로 추구하고 있는 이상인 자유와 민주주의가 한국에서도 마땅히 이루어져야 한다고 믿고 있다. 6·25한국전쟁 당시 많은 수의 미국의 젊은이가 피를 흘렸던 것과 그리고 주한 미군의 존재가 갖는 의미는 동북아시아 및 한반도에서의 전쟁억지의 역할 뿐 아니라, 보다 본질적으로는 한국에서 자유와 민주주의라는 가치의 신장과 그 보장에 있는 것이라고 한국 국민은 믿고 있다. 불행하게도 한국국민의 눈에 미국의 대한정책(對韓政策)은 독재권력의 억압적 정보정치에 의해 한국국민의 기본적 인권이 유린되는 것을 묵인, 방관하며, 나아가 미국이 독재권력을 지원하고 있는 것으로 비쳐지고 있다.

그렇게 볼 수 있게 하는 여러 가지 일들이 그동안 축적되어왔다. 여기에 한국의 역대 독재권력은 한미 간의 협력관계 — 예컨대 미국대통령의 한국 방문 등을 그들 독재정권의 강화와 유지를 위한 수단으로 이용하여 왔다. 11월로 예정되고 있는 레이건 미국대통령의 방한(訪韓)에 대한 한국국민의 우려도 바로 여기에 있다.

독재권력의 지원이 정치적 안정을 위해서 불가피하다고 혹자(或者)는 말한다. 그러나 독재의 억압아래서 이룩되는 안정과 강요된 침묵은 회칠한 무덤의 안정과 침묵에 불과할 뿐이다. 그 안정은 보다 강렬한 국민의 거부를 잉태하고 있는 것이다. 마르코스 통치 아래의 필리핀의 안정이 결코 안정이 아니었음을 아키노의 죽음이 몰고 온 정치적 불안이 말해주고 있다. 독재권력은 흔히 공산주의와의 대결을 위해서는 국민의 기본권과 자유는 유보되어야 한다고 말한다. 그 말은 도둑 — 공산주의 —를 피하기 위해서 우리가 가진 귀중한 재산 — 자유와 민주주의 —을 모두 불태워야 한다는 말과 같다. 지킬 재산이 없을 때 과연 우리는 무엇을 지킬 것인가.

독재권력은, 특히 군사독재는 절대 부패하기 마련이다. 자유언론이 통제된 가운데서 그들은 무한부정(無限不定)을 저지르는 것이다. 최근 한국에서 발생한 약1억5천만 달러에 달하는 금융부정사건은 1982년에 있었던 10억 달러에 가까운 부정 사건과 함께 독재권력 자체, 더 정확하게 말하면 군사독재자의 가족들에 의하여 저질러진 범죄이며 부정이었다. 이러한 정권을 신뢰하라고 한다면, 과연 미국 국민이 그러한 부도덕한 정권을 신뢰하라고 하면 신뢰할 것인가를 먼저 묻지 않을 수 없다. 한국국민은 소련정권당국에 의한 대한항공(KAL)승객과 승무원 269명에 대한 공중학살의 만행에 분노하고 있다. 한국국민은 경직된 독재권력이 저지르는 이러한 만행을 규탄하고, 그 어떤 학살도 거부하면서, 1980년 5월 광주시민학살을 기억해야 하는 고통도 함께 갖고 있다. 우리는 적어도 미국이 자유와 민주주의를 유린하는 독재권력의 지원자가 되지 않기를 바란다.

제2차 세계대전 이후 월남, 이란 등 미국이 개입했던 여러 지역에서 미국이 쓰디쓴 패배를 자인(自認)할 수밖에 없었던 가장 큰 이유는 민중의 의사에 반하는 독재정권을 미국이 지원했던데 있다. 자유와 민주주의를 수호한다는 명목으로 사실은 자유와 민주주의를 유린하는 독재권력을 비호, 지원한데 있는 것이다. 한국국민은 자신들의 민주화는 자신들이 이룩할 일이라고 생각하고 있다. 나는 한국국민이 자신의 정부를 자신이 선택할 수 있는 헌법 개정을 스스로의 힘으로 이룩함으로써 마침내 민주주의를 실현할 것이라는 확신을 갖고 있다. 한국국민은 민주주의를 위한 그들의 투쟁에 미국의 지원을 절대적인 것으로서 간청하지는 않는다. 그러나 미국이 지향하는 정의, 미국이 거쳐야 할 도덕성은 과연 어디에 있는가. 그것은 독재의 억압 아래 있는 모든 세계시민의 질문이며, 또한 미국이 자신에게 던지는 질문인 것이다. 미국은 그 질문에 일관성 있는 확실한 어조로 답변해야 한다. 우리는 조용한 외교라는 이름의 선택적인 대답을 듣고 싶은 것이 아니라, 변하지 않고 움직일 수 없는 확고한 대답을 듣고 싶은 것이다. 미국은 이 시대의 질문에 대답해야한다.

1983.9

김영삼

■ 한인신문 한국일보 사설 기고

김영삼 총재는 이 사설로 인해 미대통령과 국회에서 비공개 담화를 하는 쾌거를 거두었음에도 여전히 이후 국내 언론을 통하여서는 자신의 뜻을 자유롭게 밝힐 수가 없었다. 이에 여러 차례 김종규를 통하여 미국의 한인교포신문 등을 통해 의견을 개진했다. 한인신문에 원고가 개진되면 김종규는 이를 다시 고국으로 가져와 기사화하여 국민들에게 전하는 방식을 취했다. 다음은 5·18 민주화운동 4주기와 8·15광복 39주년을 맞이하여 작성한 원고문들이다. 이 또한 한인신문에 게재되어 많은 교포들이 접할 수 있었고, 그 힘을 바탕으로 다시 고국에서도 기사화되어 국민들이 내용을 확인할 수 있었다.

✒ 다시 국민에게 드리는 글

– 한인신문 한국일보

나는 비통한 심정으로 오늘을 맞이하고 있습니다. 작년 오늘 나는 이 나라 민주주의의 기사회생을 위하여 나 자신의 모든 것을 던져 이 나라와 겨레에의 마지막 봉사의 기회로 삼고자 무기한 단식투쟁을 전개하였습니다.

나의 단식은 1980년 5월, 수천 명의 사상자를 낸 광주사태로 희생된 사람들과 그 가족들의 고통에 겸허히 동참하고, 동시에 이 나라 민주주의의 소생을 위한 간절한 소망으로 나를 민주제단에 봉헌하고자 하는 결단이었습니다. 나의 순수한 기도는 좌절되었지만 국내에서 함석헌, 홍남순, 문익환, 이문영, 예춘호, 김철 선생께서 나의 단식투쟁에 동참해 주신 것을 비롯, 나의 단식 사실을 알게 된 국민이 과분한 성원을 보내주셨고, 해외에서 김대중 동지를 비롯하여 자유와 민주주의를 사랑하는 정의와 양심의 인사들이 지지와 격려를 아끼지 않아주셨습니다. 나는 나의 단식투쟁과 관련하여 나의 생명을 염려해 주시고, 민주주의를 향한 뜨거운 열정을 같이 확인해 주신 내외 국민과 해외의 벗들에게 삼가 심심한 사의를 표하는 바입니다.

그로부터 만1년이 지난 오늘의 현실은 그동안 몇 가지 전시효과적인 조치가 있었음에도 불구하고 군사독재의 본질은 변개(變改)됨이 없이 기만과 폭력을 통치수단으로 하는 폭압이 국민위에 가중되고 있을 뿐 민주주의를 향한 개선은 조금치도 이루어지지 않고 있습니다. 민주·애국의 학생들로 하여금 학교로부터 제적, 추방되게 하였던 학원외적 원인인 나라의 민주화가 조금도 진척되지 아니한 가운데 제적생 복교조치는 제적과 투옥과 추방이라는 악순환의 통로를 마련한데 지나지 않습니다. 군대에 끌려간 6명의 대학생이 의문의 죽음을 당했는데도 타의에 의한 군 입대의 편의적 장치인 지도 휴학제가 폐지되지 않고 있어 학원자율화가 학원 대 탄압의 예비적 조치로서 더 큰 함정과 보복을 위한 것이라는 우려를 자아내게 하고 있습니다.

학생을 용공, 좌경으로 몰아 국민의 대오로부터 강제 이탈시키며, 관제언론을 통하여 학생과 국민을 이간시키는 행위는 권력에 의한 국민분열의 범죄이며 나아가 북한 공산주의 세력으로 하여금 한국국민의 반공의식을 오판케 하는 이적행위인 것입니다. 정치 규제의 일부 해제는 뒤늦게나마 민주주의를 실현하겠다는 확고한 의지의 표명이나 선언적 의미가 있다기보다는 정치 공작적 차원의 의미만이 있을 뿐인 것입니다. 대부분의 해직 교수, 해직 언론인, 해직 근로자가 생존의 위협과 직면하고 있습니다. 현 정권의 자기존립을 위하여 날조된 국가보안법, 언론기본법, 노동관계법 등은 그 어느 것 하나도 개선의 기미가 보이지 않고 있습니다.

나는 이 시점에서 우리 시대에 우리에게 맡겨진 지고한 사명인 민주주의의 실현을 위하여 나의 견해를 밝히고 또 나의 진실하고도 간곡한 호소를 내외에 전하고자 합니다.

나는 먼저 현 정권 당국에 말합니다. 현 정권 아래서 벌어졌던 비인간적 대형사고와 권력이 개입된 엄청난 경제부정 사건들은 광주사태 등 현 정권의 출범 과정에서 저질러진 역사적 죄과에 대한 반성이나 회개가 없는데다, 권력의 한탕주의적 속성이 빚어내는 필연적인 산물입니다. 반성과 회개가 뒤따르지 않는 과오는 또 다른 과오를, 죄악은 더 큰 죄악을 뒤따르게 한다는 것은 역사적 경험이 말해주는 바입니다. 현 정권이 자신의 죄과를 은폐하기에만 급급하여 계속적인 통제의 강화와 규격의 강요만을 획책한다면 이 나라 이 민족에 더 큰 불행과 비극을 예비하는 일이 될 뿐이라는 점을 나는 경고하고자 합니다.

현 정권은 민주화의 방향으로의 제도개선이나 민주시민의 평등하고도 자유스런 참정권의 보장 없이 규격화되고 요식적인 국회의원 총선을 계획하고 있습니다. 현 정권의 특권의 영속을 도모하는 것일 수밖에 없는 요식적인 선거는 선거결과와 관계없이 현 정권의 정당성에 대한 끊임없는 이의를 수반하게 할 것입니다. 나는 선거제도가 민주적으로 개선되고, 물리적인 힘에 의한 정치규제가 완전히 해제된 위에 평화적 정권교체를 확실하게 보장하는 헌법 개정을 비롯하여 민주화의 구체적 내용과 그 일정에 대한 확고한 결의의 표명과 그에 대한 국민적 합의가 이루어진 가운데서만 선거의 의미와 그 정당성이 확인될 수 있다고 단언하는 바입니다. 그렇지 아니할 때 총선은 군사독재의 영속화를 뒷받침하는 들러리로서의 요식적 성격을 띄게 될 것입니다. 나는 현 정권이 그 출범과 그 이후의 과정에서 파생시킨 해직언론인, 해직교수, 해직근로자의 복직과 정치규제의 완전 철폐 그리고 언론의 자유 보장과 더불어 반민주적 법적 장치 등에 대해 민주화의 방향으로서 제도 개선과 민주화 일정의 협의에 동의하고 그리고 정치개입을 종식시켜 국민으로부터 존경과 신뢰를 받는 군부가 되게 하고 나아가 시민민주주의가 이 땅에 확고히 정착할 수 있도록 하겠다는 결의를 표명하는 것을 전제로 한다면 현 정권과 조건 없이 협의, 대화할 용의가 있음을 밝히는 바입니다.

나는 언론인에게 말합니다. 나는 현 정권이 국민에게 비판의 자유와 그리고 언론인 여러분에게 언론의 자유를 보장한다면 단 하루도 정권을 지탱할 수 없기 때문에 언론의 통제와 언론에 대한 탄압이 최대의 정책과제가 되고 있음을 잘 압니다. 여러분 가운데는 이러한 언론탄압에 쉽게 자포자기하고, 탄압의 언론 상황에 동화하고 자위하는 경향이 있음을 나는 지적하지 않을 수 없습니다. 그리고 여러분 가운데는 언론인으로서의 신념과 현실적 제한 가운데서 개인적인 고뇌를 안고 있다는 사실도 알고 있습니다. 그러나 여러분의 개인적 고뇌가 여러분을 충분히 변명해 줄 수는 없습니다. 자유언론은 그것을 지키고 키워 나가려는 바로 언론인 여러분 자신의 노력으로서만 비로소 가능한 것입니다. 언론은 인권과 사회정의를 위한 마지막 담보이고, 부정과 부패를 추방하는 사회의 자기정화 능력이며, 국민적 합의의 창출과 통합력의 원천입니다. 그러나 언론이 최근 근로자와 학생문제 등 국민내부의 이간과 분열을 선도하고 있는 듯한 인상을 주는 것은 지극히 안타까운 일입니다. 여러분의 자의는 아닌 줄 압니다만, 쓰지 않는 것보다도 그릇되게 보도하는 것이 사회와 나라에 끼치는 해악이 얼마나 엄청난 것인지는 여러분이 더 잘 아실 것입니다. 학생 등 여러분의 후배들로부터 받는 지탄과 불신의 원인과 그 의미를 여러분은 깊이 통찰하여야 합니다.

나는 이 나라의 법관에게 말합니다. 예수 그리스도에 십자가의 형을 선고한 빌라도에게도 개인적인 갈등과 고뇌가 있었습니다.

빌라도의 갈등과 고뇌가 곧 여러분의 것 인줄도 알고 있습니다. 그러나 여러분은 그러한 개인적인 고뇌를 가진 인간으로 여러분을 설명할 것이 아니라, 법의 정의와 양심에 따른 판결로 여러분 자신을 말해야 합니다. 긴조(긴급조치)시대가 가고 국보(국가보안법)와 집시(집회 및 시위에 관한 법률)시대가 왔다는 여러분의 자조 섞인 독백으로 여러분의 과오가 씻겨 지는 것은 아닙니다. 학생에 대한 국가 보안법의 적용에 의한 처단이 나라와 한 젊은이에게 어떻게 파멸적인 영향을 미치는 것인지 여러분은 생각해 보아야 합니다.

나는 이 나라 제도 정치인에게 말합니다. 여러분은 흔히 학생들의 외침이나 시위를 장외 정치라는 말로 표현합니다. 그러나 여러분이 말하는 장외정치는 바로 여러분이 여러분의 역할과 소임을 다하고 있지 못하기 때문이라는 것을 깨달아야 합니다. 학생의 제적과 투옥이 학생의 개인적 욕구에서 비롯된 것이 아니라면, 학원외적 원인의 실마리를 찾아 여러분은 그 책임으로부터 도망치고 있습니다. 여러분은 여러분의 해박한 지식으로 스튜던트 파워(Student Power)의 퇴조가 세계적인 현상이고 한국의 그것은 사회의 병리현상으로 몰려하고 있습니다. 그러나 그것은 의회기능의 정상화와 함수관계가 있습니다. 3권 분립을 비롯한 민주주의 원리가 지켜지지 않고 정당과 의회기능의 정상화가 이루어지지 않고 있기 때문에 학생들의 절실한 호소가 있다는 것을 여러분은 깨달아야 합니다. 당신들이 말하는 바, 학생이 학문에 전념할 수 있기 위해서는 여러분의 통회와 각성과 분발이 요청된다는 점을 여러분은 애써 외면하고 있습니다. 노동자와 농민 등 그들의 절박한 사정과 하소연을 들을 줄 아는 귀와 당신들의 목소리로 그것을 말하고 개선할 수 있는 용기 있는 입을 가져야 합니다.

나는 이 나라의 정의로운 학생들에게 말합니다. 나는 여러분의 생각이 순수하고 여러분의 정신이 정의로우며, 여러분의 열정이 민주·민족·민생을 위한 애국적 지향을 갖고 있다는 이유 때문에 여러분이 길거리에서 검문검색을 당하고, 일부 언론을 통하여 매질을 당하고 있는 것에 대하여 위로의 말을 전합니다. 여러분은 자신을 위해서가 아니라, 민족과 나라를 위해 여러분의 모든 것을 포기하고 있습니다. 그것은 참된 용기이며, 바로 그 때문에 이 나라가 지켜지고 또 여러분이 있어 우리 국민은 내일에의 희망을 가질 수 있습니다. 그로 인해서 받는 여러분의 고통은 한 마디로 이 시대 이 땅에서 태어난 죄 값이라고 밖에는 달리 표현할 길이 없습니다. 이 시대, 이 현실에 책임을 느끼고 있는 한 사람으로서 나는 여러분이 겪어야 하는 수모와 고통에 가슴 저며 오는 아픔을 느낍니다. 여러분이 지고 있는 십자가를 내가 질 수만 있다면, 그리고 내가 감당할 수만 있다면 감당하고 싶습니다. 여러분의 고통과 수모를 보고 듣는 것은 나에게 뼈를 깎는 고문임을 고백하지 않을 수 없습니다. 이 나라 권력과 일부 언론은 여러분을 분별이 없고 몰지각한 사람들로 모략하고 있습니다. 그것은 학원에 대한 대 탄압을 유도하기 쉬운 술책일 수도 있습니다. 나는 여러분이 다시 맞게 될지도 모르는 탄압의 명분을 주지 말기를 바라면서 스스로 자제하고 자중자애하기를 진정으로 당부하는 바입니다. 미력이나마 여러분의 양심으로부터 우러나오는 그 짐을 나도 기꺼이 지고자 합니다.

나는 민주주의를 갈망하는 모든 국민에게 말합니다. 우리는 언제부터인가 독재적 폭압이 두려워 자신의 진정한 의사를 말하지 못하고, 정치권력의 거짓된 선전과 기만, 그리고 폭력에 익숙해져 있습니다. 민주주의란 기본적으로 말의 자유를 뜻하는 것입니다. 이제 우리는 재갈물린 입을 열어 두려움을 버리고 말씀의 폭풍을 불러 일으켜야 합니다. 그리하여 독재권력을 하여금 민중의 함성으로 하여 귀가 뚫리게 해야 합니다. 독재권력으로 하여금 민중의 힘을 두려워 할 줄 알게 하는 것이 독재를 방지하고 민주주의를 이룩하는 첩경입니다. 우리 각자가 정의로운 용기로 무장하여 흩어진 개별을 모아 조직화된 하나로 되어야 합니다. 흩어져 있는 것은 독재권력이 노리는 바입니다. 그리고 학생과 국민, 학원과 군대 사이의 모든 이간과 분열의 책동에 놀아나지 말고, 깨어있는 의식으로 현실을 똑바로 보아야 합니다. 민주주의는 누가 가져다주는 것이 아닙니다. 민주주의는 우리 손으로 일으키고 세워야 합니다. 평화적이고 비폭력적인 민주시민의 정의로운 양심으로부터 우러나오는 힘이 얼마나 엄청난 것인가를 확인할 때에만 이 나라의 민주주의는 비로소 반석 위에 세워질 것입니다. 폭력과 분열과 탄압이 현 정권의 무기라면, 우리는 가진 것 없고, 도우는 이 없으나 정의의 하나님과 역사가 우리들의 편입니다. 독재권력에게는 파멸의 두려움이 있으나 우리는 마침내 우리 손으로 세울 민주주의에의 희망이 있습니다. 희망을 잃지 않는 것이야말로 민주주의 만세를 향한 최후의 보루입니다.

끝으로 나는 나 자신에게 말합니다. 나는 10·26사태의 교훈을 이 땅의 민주주의 정책으로 귀결시키지 못하고 광주사태의 비극을 막지 못한 죄인입니다. 하나의 사심도 없이 조국과 겨레에 봉사해야 할 책임을 통감해야 할 죄인입니다. 나는 이 나라의 민주주의 실현에 의한 내재적 평화와 한반도의 평화, 그리고 갈라진 민족의 통일을 위해서라면 그 어떤 고난과 짐도 기꺼이 떠맡아 져야 할 죄인입니다. 나는 죄인으로써 살아 있는 날까지 그 속죄의 길을 걸어 갈 것입니다.

1984년 5월 18일

김영삼

8·15 메시지

– 한인신문 한국일보

오늘 우리는 비통한 심정으로 또다시 해방39주년을 맞이하고 있습니다. 이것이 민족성원으로서 부끄럽지 않게 살아온 사람, 부끄럽지 않게 살아가고자 하는 사람들이 오늘을 맞이하는 소감인 것입니다. 한민족의 참다운 해방은 이민족(里民族)에 의한 억압과 수탈로부터의 해방뿐만 아니라, 다시는 불리한 억압과 수탈이 없는 사회, 민족의 운명을 민족구성원 하나하나의 자발적인 참여와 창의로 개척할 수 있는 정치체제, 통일(統一)된 가운데 민족 구성원 하나하나가 인간다운 존엄성을 지니고 화해 속에 평화롭게 더불어 살 수 있는 인간화된 민족공동체의 건설로 비로소 완결되는 것입니다. 곧 그것이 이민족(里民族)에 의한 것이건 같은 민족에 의한 것이건 민족구성원이 단순히 억압적 통치의 대상으로서가 아니라 존엄한 인간으로서, 그리고 주권자로서 자신을 통치할 정부를 선택할 수 있고 자신의 기본적 인권과 정당한 주장을 펼치고 또 관철할 수 있는 민주화된 사회를 건설함으로써만 완결될 수 있는 것입니다.

그러나 광복 이후 이러한 진정한 해방에의 길로 나아가기는커녕 민족과 국토는   기어 갈라지고, 북北에서는 공산독재체제가 줄곧 북한민중을 압살하고 있으며, 남南에서는 역대독재정권에 이어 이제는 군사독재체제가 국민의 입에 재갈을 물리고, 무한폭력을 휘둘러 그 체제를 강화하고 있습니다. 이것은 분명한 민족해방에의 거역입니다. 광복을 암흑으로 바꾸는 것으로 역사에의 반역인 것입니다. 우리가 식민지 치하에서의 독립투쟁과 공산치하에서의 자유화투쟁, 그리고 전체주의 아래서의 민주화투쟁을 같은 맥락으로 인식하는 것도 이 때문입니다.

친애하는 국민여러분!

해방된 조국에서 제 민족을 짓밟은 사람들이 새로운 억압자로 우리 위에 군림하고 있습니다. 그들은 일제가 이 땅의 식민지 백성을 억압했던 수법을 그대로 답습하고 원용하여 국민을 탄압하고 있습니다. 모든 국민 탄압의 장치와 수법들은 그대로 일제의 잔재에서 발상되고 있는 것입니다. 헌병정치, 정보정치, 공작정치가 그러하며, 매국적친일분자 등 소수의 부패특권을 형성하고 절대다수의 민중을 수탈하였던 식민지 정책은 오늘에 이르러 노동자와 농민 등 절대다수 국민의 소외와 희생을 강요하는 경제정책으로 재현되고 있습니다. 일제치하에서 우리의 선조들이 피압박민족으로서 느껴야했던 치욕감을 오늘 이 땅에 사는 우리가 다시 맛보고 있는 것입니다. 진정한 민족해방으로 가는 길이요, 절대다수 국민이 열망하는 바 민주화로 나아가기 위해서 청년학생을 비롯한 애국시민들이 새롭게 각성하고 뜨겁게 결집하고 있지만 저들은 민주화에 목말라하고 그것을 추진하는 사람들이 그 뜻을 모으고 펼 한 치의 공간도 단 한 줄의 보도도 허용치 않고 있습니다. 일제치하에서 독립운동가들에게 가했던 처절했던 박해를 방불케 하고 있는 것입니다. 해방된 지 39년이 지났으되, 참되게 해방되지 아니한 채 억압아래 찌들고 국토가 분단된 조국을 부둥켜안고 우리는 이렇게 몸부림치고 있습니다.

친애하는 국민여러분!

국민 내부에 정의에 기초한 화해를 이룩할 의사도, 능력도 없는 정권이 외국과의 호혜평등에 입각한 선린우호를 이룩할 수 없음은 자명自明한 일입니다. 무릇 국민의 지지가 없는 정권의 외교는 그 약점으로 인하여 필연적으로 민족으로서의 긍지와 자존심을 내던지는 굴욕적인 것이며, 국민 탄압을 위한 국제적 기반 구축의 방향으로 나가는 것입니다. 그것은 국가적 차원의 외교가 아니라, 정권 안보적 차원의 외교일 뿐인 것입니다. 이번 전두환 대통령의 방일은 억압적 체제의 유지와 강화를 위한 정치적 물질적 국제기반을 구축함에 그 목적이 있는 것이라는 심증을 우리로 하여금 갖지 않을 수 없게 하고 있습니다. 또한 국민 각계각층에서 이번 방일을 반대하는 것이 이 때문입니다. 블랙리스트(Black List)에 의한 노동자 탄압의 연장으로 순결한 이 나라 여자 근로자가 일본기업에서조차 탄압의 대상이 되게 하고 있는 현 정권은 감히 민족의 존엄을 내세울 명분이 없는 것입니다.

우리는 또한 일본 측이 전체 한국국민의 의사에 거슬러 현 정권이 제공하는 한국에서의 기득권에 급급하여 한국국민의 고통을 외면하고 전全정권을 고무찬양하여 결과적으로 억압과 특권경제의 현 체제를 지탱시켜주는 역할을 한다면 한국국민이 그 굴욕을 용납하지 않을 것이며, 나아가 이 땅에 구국적 항일의 대대적인 운동을 유발하게 될 것을 경고하여 두는 바입니다. 요컨대 옛날 식민지 지배의 환각에 사로잡혀 국민적지지 기반이 없는 정권과의 야합野合을 획책하는 일이 없기를 충고하는 바입니다. 불행했던 역사는 그것을 강요받았던 측이나 강요했던 측이 다 같이 반성하고 회개함으로써만 치유될 수 있고, 새롭게 전진할 수 있습니다. 억압은 억압당했던 자와 억압한 자가 다 같이 치욕으로 느껴야 할 일인 것입니다. 우리는 억압의 역사를 치욕으로 느끼는 한·일 양국국민간의 양심적 연대를 추구하고 또 확대해나갈 것입니다. 군국주의의 억압이라는 구각으로부터 벗어나 국민의 기본적 인권과 자유, 그리고 창의가 보장되는 민주주의 사회를 일본국민이 호흡할 수 있는 것처럼, 한국국민도 자유와 민주주의를 향유할 수 있는 권리가 있음을 일본국민과 정부는 분명히 깨달아야 할 것입니다.

친애하는 국민여러분!

다시 광복절을 맞으면서 우리는 민주화에 대한 결의를 새롭게 다짐하는 바입니다. 우리의 민주화 투쟁은 광복투쟁의 연장이며, 동시에 억압체제 아래 빈사의 상태에 있는 조국을 지키는 구국救國투쟁인 것입니다. 민족의 독립이 독립운동가들에 있어 지상명제이었듯이 민주화의 실현이 해방된 조국에 있어 지상의 과제입니다. 그것만이 더불어 살 길입니다.

현 정권의 출범과정, 그리고 그 이후의 전개과정은 그 자체로 이나라, 이 국민에게 결정적 파국을 초래하는 것이었습니다. 광주사태가 그러했고, 민주화를 주장하는 사람들에 대한 연금, 순화교육, 투옥, 죽음에의 위협 등 대탄압이 그러하였으며, 폭력적 계엄 아래 이루어진 반민주적 헌법제정 및 입법과정이 또한 그러하였습니다. 언론인, 학생, 노동자, 교수, 정치인에 대한 직장과 학원으로부터의 추방과 인위적 정체규제가 그러합니다. 10·26사태 후에 이루어진 국민적 합의를 무시하고 대통령의 임기를 자신들의 편의에 따라 오늘은 6년, 내일은 7년 하는 식으로 결정하였던 사실을 우리는 똑똑히 기억하고 있습니다. 그 이후 4년에 걸쳐 현 정권이 저지른 작태는 그들의 정체와 본질을 만천하에 드러내는 것이었습니다. 그들은 정권을 개인적 치부의 수단으로 악용하여 무한부정을 저질렀고, 그러한 범죄행위는 지금도 계속되고 있습니다. 정권의 정체가 국민과 세계에 폭로될 것이 두려워, 그리고 그들의 부정을 은폐하기 위하여 언론의 자유를 철저하게 봉쇄하고, 사법부를 그들 부정과 부패의 엄호를 위한 요식기관으로 전락시켰으며, 입법부를 그들의 들러리로 분식하여 이른바 감感의 정치를 일상화시켰습니다. 군의 정체개입과 그에 따른 부정, 부패는 월남과 크메르의 전철을 우려하지 않을 수 없게 하며, 한국의 안보를 역사상 최대의 위기로 몰아넣고 있습니다. 이러한 현실이 단 하루라도 더 지속된다면, 그만큼 이 나라와 겨레의 운명은 위태로워질 수밖에 없는 것입니다. 민주화 추진 운동이 구국운동이며, 촌시寸時도 늦출 수 없는 국민운동이어야 함은 바로 이 때문입니다.

친애하는 국민여러분!

그러나 민주화는 그것을 열망하는 것만으로 저절로 이룩되지는 않습니다. 독립운동가에게 있어 민족의 해방과 독립이 반드시 오고야 마는 필연적인 것으로 인식되었던 것과 마찬가지로 민주주의는 마침내 실현될 수 있다는 신념을 갖는 것이 중요합니다. 민주화의 길이 비록 험난할지는 모르나, 그러나 그것은 마침내 이룩될 것이며, 그 길이 험난하면 할수록 값지고 보람찬 민주화가 될 것 또한 분명한 것입니다.

민주화를 추진하는 운동을 전개함에 있어 무엇보다 먼저 착수해야 할 일은 강요된 타율他律과 비정상非正常을 버리고 조국의 제반분야를 바르게 세우고 회복하는 일입니다. 해직된 언론인, 교수, 근로자의 복직과 정치규제의 철폐를 통한 원상회복을 이룩하는 일입니다. 정치는 정치인이, 언론은 언론인이, 사법은 사법부가 맡는 일이며, 또한 군인은 신성한 국방의 임무로 회귀하여 국민의 신뢰를 회복하는 일입니다. 소수 정치군인으로 인하여 오염되고 실추된 군의 품위와 신뢰를 되찾게 하는 일입니다. 이를 위해서는 각 분야에 있어서 자신들의 자율성과 고유한 권익을 되찾는 운동이 동시에 전개되어야 합니다. 자유언론을 위해서는 언론인 스스로가, 사법부의 독립과 법의 정의를 위해서는 법관이 자신들의 권리와 자율성을 되찾아야 하는 것입니다.

둘째로, 압제의 수단인 모든 반민주적 악법에 대한 개폐改廢운동을 전개하는 일입니다. 국가보안법, 언론기본법, 노동관계법, 정치규제법, 선거법 등 일체의 반민주적 법령에 대한 철폐 또는 개정을 국민의 이름으로 요구하는 운동입니다. 인간의 이성과 양심에 반反하는 법률은 법이라기보다는 폭력의 성질을 띈 것으로 준수할 의무가 없는 것이지만, 국민의 자각된 힘으로 악법의 철폐를 요구하는 것은 민주국민의 권리이며 의무인 것입니다.

셋째로, 현 정권이 더 이상 이 나라를 좀 먹고 멸망의 깊은 늪으로 몰고 가지 못하도록 집권층의 부정·부패를 감시, 감독하고, 그 부정을 조사, 폭로하여 구국적 차원에서 정의를 지키는 일입니다. 권력과 권력주변의 사람들이 저지른 부정부패는 이제까지 폭로된 사실로도 충분히 입증되는 것이지만, 그러나 드러나지 않은 부정이 훨씬 크고 지능적이라는 것 또한 분명한 것입니다.

넷째로, 민주화에 대한 우리 국민의 뜨거운 열정과 헌신적 참여를 위해 민주국민 내부를 결집하고 통일하는 일입니다. 개별적으로 분산, 고립된 민주화 운동은 그 과정에서 개별격파 또는 좌절되기 쉽습니다. 우리의 민주화 운동을 파괴하려는 끊임없는 분열·이간 공작이 있을 것입니다. 이제 성숙된 민주국민으로서의 자기 욕구를 분출하고 확인할 수 있는 연대활동과 홍보활동이 절실히 요청되고 있습니다. 민생운동, 민권운동 등 민주화를 추진하는 전체국민 역량을 결집하고 강화하며 상호 연대하는 운동으로 발전해야 하는 것입니다. 우리는 이러한 일들을 위하여 우리를 언제나 개방할 것입니다.

친애하는 국민여러분!

민주화 추진운동은 궁극적으로 정의실천운동이며, 국민 내부의 정의로운 화해운동입니다. 우리는 민주화 그 자체를 목표로 하고 있습니다. 우리는 민주화를 위해서라면 우리 자신의 모든 것을 던지고 비울 수 있어야 합니다. 우리는 현 정권이 자신의 역사적 과오를 인정, 사과하고, 하나의 사심도 없이 민주화를 추진하고자 한다면, 다시 말해 진정 민주화를 실현하는 전제라면, 현 정권과의 대화를 배격하지 않습니다. 정치적으로나 경제적으로 위난에 빠진 나라를 건지는 것이 우리에게는 급선무인 것입니다.

폭력을 휘두르는 현 정권이 외견外見으로는 강한 것처럼 보이지만, 국민의 지지가 없다는 결정적인 약점을 안고 있습니다. 그러므로 우리는 민주화에 대한 튼튼한 신념으로 항상 깨어 있지 않으면 안됩니다. 정치, 경제, 사회의 모든 분야에 있어서 오늘의 상황은 유신체제의 말기보다 더 나쁜 증상을 보이고 있습니다. 민주화 운동은 민주화할 수 있는 기회의 포착뿐만이 아니라, 그렇게 이룩한 민주주의를 지킬 수 있는 힘까지를 국민내부에 축적하는 것이어야 합니다. 그것을 위하여 나아갑시다. 민주화는 제2의 해방운동인 것입니다.

1984년 8월 15일
해방의 날에

민주화 추진 협의회
고문 金大中
공동의장 金泳三
공동의장권한대행 金相賢

정보부의 그림자

한 번은 위의 '8·15메시지' 원고를 들고 미국으로 향할 때였다. 원고를 품 안에 지니고 출국을 위해 김포공항에 도착했다. 예전부터 정당생활을 하며 몇 번 안면이 있었던 안기부의 '미스터 허'가 그를 불러 인사를 하는 것이었다. 서로 이런저런 안부를 묻다가 그가 비밀스럽게 하는 말인즉, 소속 요원들이 감청을 했는데 중요한 문서를 누출하려는 정보가 입수되어 '미스터 김'을 잡으러 나왔다고 속삭이는 것이었다.

'내 얘기구나!'

가슴이 서늘해졌다. 그는 '미스터 허'가 찾는 대상이 본인인줄 알고 하는 얘긴지 떠보는 건지 알 수가 없었다. 결국 그는 식은땀을 흘리며 잠시 들를 데가 있다며 미스터 허와 급하게 이야기를 끝내곤 바로 티켓창구로 향했다. 미처 미국행 표는 취소도 하지 못한 채, 급하게 홍콩행 표를 끊었다. 당시 감시를 피하기 위해 홍콩을 들러 하루 머물고 미국으로 향할 수밖에 없었는데, 결국 '8·15메시지'를 담은 기사는 하루 늦은 16일 날 게재되었다. 당시에는 이렇게 위험천만한 상황들의 연속이었고, 정보부에 붙잡히기라도 하는 날에는 남산 대공분실로 끌려가 고초를 겪어야했을지도 모르는 일이다.

3

뉴욕·LA 서예전

■ 민주화추진협의회

1983년 8월 15일, 정치활동이 규제된 두 김씨를 따랐던 동교동계, 상도동계의 의원들은 김대중·김영삼 8·15 공동선언을 계기로 결집하여 민주화추진협의회民主化推進協議會를 결성했다. 이들은 각종 성명서 및 기자회견을 통해 반정부활동을 하기 위해 결집되었다. 당시 김영삼 총재는 민추협 8·15광복절 공동성명발표를 위해 비교적 국내의 본인보다는 자유로운 처지였던 김대중에게 성명 문안 작성을 일임한다는 서신을 서명과 함께 동봉하여 김종규를 통해 보냈다. 그는 곧바로 워싱턴의 김대중 고문에게 찾아갔다. 이휘호 여사도 함께 있었다. 하지만 김대중 고문은 도리어 다시 김영삼에게 성명 문안을 작성해달라는 말만 전했다. 시간이 촉박하니 빨리 진행해야한다고 설득해도 마찬가지였다. 지구 반을 돌아왔는데 일이 이렇게 되어버려 화도 나고 허탈하여 방을 나서려는데 이휘호 여사가 붙잡았다.

"아유, 저 양반이 지금 신경이 하도 예민해서."

김대중 고문도 그때서야 그를 붙들었다.

"아, 앉어. 앉어. 그리고 내일 와. 검토하고 줄게."

그리하여 조금 더 머물며 국내정황에 대한 이야기를 나누다 자리에서 일어났다. 다음날 근처의 숙소에서 하루를 묵고 서둘러 찾아가니 일은 해결되어있었다. 이렇게 시각을 다투며 일을 하는 와중 당시 상도동에서는 참모들끼리의 논의가 한창이었다. 야당은 절대적으로 자금이 부족했고 민추협을 위한 사무실 하나 마련하지 못하는 어려운 상황이었다. 하루는 김종규가 이 사실을 듣곤 따로 마련된 시간에 김영삼 총재에게 제안했다.

"혹시 쓰신 서예 글씨들이 얼마나 있습니까?"

"창고에 꽤 있는데. 왜?"

"있는 데로 다 모아주십시오. 제가 미국에 가서 서예전을 열겠습니다. 그리고 후원금이나 벌어들인 수익을 모두 보내겠습니다."

김영삼 총재는 가택연금 당시 수 년 동안 서예로 마음을 다스렸고, 그로 인해 작품의 양은 꽤 되었다. 김종규는 자유를 갈망하며 민주의 혼을 고스란히 담은 김 총재의 서예전을 여는 것이 민추협의 취지와 그에 따른 발판으로 적합하다고 보았다. 그는 발 빠르게 추진했고 일은 일사천리로 진행되었다. 그는 총재의 친필 작품들 다수를 온전히 옮기기 위해 일일이 배접하여 마감한 뒤 비행기에 실었다. 수소문 끝에 뉴욕의 '찬 인터내셔널 갤러리' 관장을 찾아가 서예전과 함께 민추협의 취지를 설명했더니 장소를 무료로 대관해 주겠다고 해왔다. 당시 그 또한 활동을 위해 한국과 미국을 수차례 오가며 거기에 드는 부대비용으로 인해 갤러리를 빌린다거나 서예전을 위해 인원을 채용할 수도 없는 열악한 상황이었다. 하지만 그때마다 그가 한인회장을 맡았던 2년이 주요했다. 미국 전역 곳곳에 힘 있는 인맥들이 있었고, 그의 일을 적극적으로 지지하며 도와주는 이도 많아 일은 원활하게 진행될 수 있었던 것이다. 뉴욕서예전은 찬 인터내셔널 갤러리에서 1984.4.14-22, LA서예전은 SCOPE갤러리에서 1984.7.20-27 두 번에 걸쳐 진행되었다. 당시 워싱턴에 있었던 김대중 고문과 이휘호 여사도 함께 전시에 참여하는 등 많은 인파가 몰렸다. 이 전시를 통해서 얻은 수익금은 애초에 관계자들에게 '이것은 민주화 운동을 할 자금'이라고 엄히 단속하여 단 한 푼 새는 일이 없도록 했다. 심지어 커피도 그의 사비를 털어서 나눠주었다. 총 수익금은 4만8000불이었고, 전시가 끝나는 즉시 상도동으로 보냈다. 이 자금으로 민추협은 사무실을 열어 숨통이 트였고, 같은 해 5월18일 민추협은 설립되어 발족식을 갖게 된다. 이 당시 감사의 뜻으로 김영삼 총재는 김종규에게 친필 글씨를 하나 더 건넸다.

'조국강산 祖國江山 - 조국을 잊지 마라'

:: 조국강산 – ‘조국을 잊지 마라’

두 번째 서예전이 막 끝날 무렵에 김영삼 총재는 김종규에게 한 가지 내밀한 고민을 털어놓았다. 막내딸 김혜숙이 적절한 혼기가 되었는데 주위에 괜찮은 배필감이 없겠느냐고 넌지시 운을 띄운 것이었다. 김종규는 한번 알아보겠다고 한 뒤 미국에 거주하고 있던 믿을만한 지인들을 통해 수소문해보았다. 그러던 중 서예전 당시 본인을 치과의사라고 밝히며 김영삼 총재의 글씨를 몇 점 구입했던 인물이 있었는데, 그 이에게 꽤 알맞은 자제가 있다는 것을 알게 되었다. 김종규는 지인들을 통하여 조심스럽게 일을 추진해 보았고, 마침내 둘은 여러 사람들의 노력으로 말미암아 한국에서 첫 만남을 갖게 되었다. 요행스럽게도 둘은 인연이었는지 좋은 관계를 유지하다가 결국 혼인으로까지 이어지게 되었다. 김영삼 총재는 이 기막힌 인연을 맺어준 김종규와 주위에서 노력해준 그의 지인들에게 두고두고 감사의 마음을 잊지 않았다.

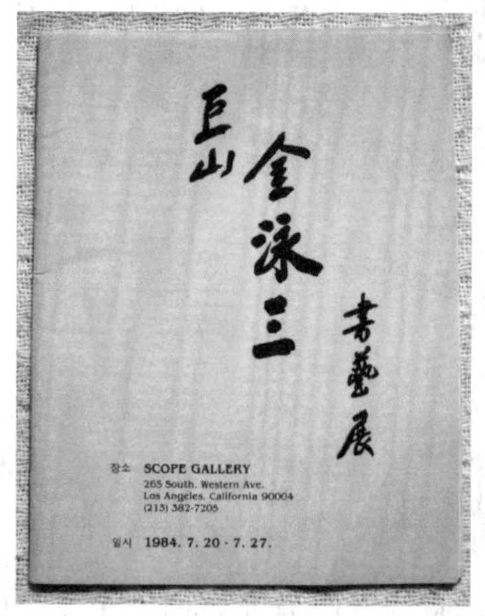
巨山 金泳三
書藝展
장소 SCOPE GALLERY
265 South. Western Ave.
Los Angeles, California 90004
(213) 382-7205
일시 1984. 7. 20 - 7. 27.

:: 서예전 당시 팸플릿

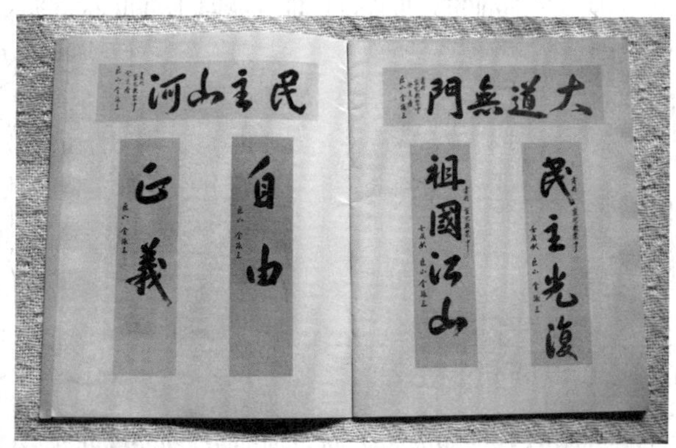
民主山河
大道無門
自由
正義
祖國江山
民主光復

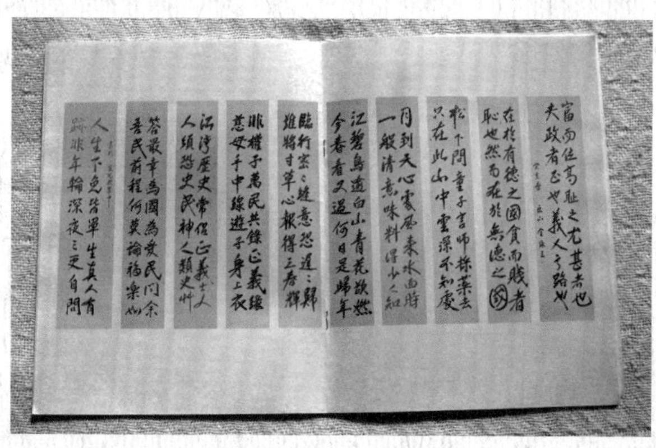

4

한인회장

인신공격

원고 게재와 서예전 등 한국과 미국을 오가며 바쁜 일정들을 소화하고 있을 무렵, 한 가지 불편한 일이 터졌다. 이전부터 한인회장 출마 당시 낙선했던 상대방 인물이 교민들 사이에서 그의 험담을 늘어놓고 다닌다는 것은 알고 있었는데, 여태껏 사소한 일이라 여기며 일일이 대응하지 않았다. 또한 신경 쓸 겨를이 없기도 한 당시였다. 한데 어느 날 이 자가 무슨 앙심을 품은 것인지 한인기자까지 동원하여 많은 교민들이 보는 한인신보에 있지도 않은 사실을 사설에 싣고부터는 도저히 가만히 넋 놓고 지켜볼 수만은 없게 되었다. 앙심을 품은 상대방 측도 괘씸했지만 사실여부를 확인조차 하지 않고 언론을 호도하는 기자에게도 몹시 화가 났다. 1980년 한인회장 출마는 주변의 권유로 시작하게 되었는데, 선거는 상대방과 많은 격차로 승리하는 결과를 낳았다. 그 후로 2년의 재임기간 동안 본인의 생업을 이어가는 동시에 여러모로 교민들을 위해 일해 왔던 터였다. 한인회가 넉넉하지 않을 때라 교민들을 위한 체육대회나 행사 때에 사비를 털어야 하는 경우도 더러 있었지만 2년간 봉사한다는 마음으로 임했다. 당시 지미 카터 대통령이 올랜도 지역에서 아시안-아메리칸 하리테지 페스티벌을 개최했는데, 특히 행사 준비에도 철저를 기했고, 한국의 문화를 성공적으로 알리며 마무리했다는 평을 받았다. 한데 이제 와서 무엇을 조사한 것이며 그가 하는 일들에 무슨 배알이 꼬인 것인지 계속되는 험담, 특히나 신문에 공개적으로 허위사실을 게재함으로써 비방이 극도에 달하고 있었다. 예전 한국에서 정당생활을 하며 불법자금을 유통했다느니, 일본 삼정기업과 '징크 아트' 아연사업을 할 당시의 얼토당토않은 사기의혹 등이었다. 오히려 떳떳하게 사업을 진행하다 정당활동 이력에 대한 연좌제로 세무조사 등 끊임없는 폭력적인 개입과 간섭을 받고 키워놓은 사업체를 지인에게 뼈아프게 넘긴 일까지 있었던 그로써는 참기 힘든 의혹이었다. 그래서 그는 펜에는 펜으로 직접 강경하게 대응하기로 하였다. 그는 85년 6월29일 '무식한 기자의 언론탄압을 반박함'이라는 사설과 8월17

일 '필화로 얼룩진 후로리다'라는 기고로 두 번에 걸쳐 한인신문을 통해 비방을 일삼는 상대방과 사설을 실은 기자를 강도 높게 비판하였다. 처음부터 허위사실에 기대왔던 그들은 그렇게 강하게 질책을 받은 후에나 잠잠해졌다.

:: 반박 글을 실은 한인신문

제4부

미국, 그리고 재야在野의 민주화 운동 2

1986~1992

1

제12대 총선

국회의원 출마 제안

민추협이 꾸준히 활동을 전개할 무렵 전두환 정권은 제3차 해금조치를 발표했다. 당시 '정치풍토 쇄신을 위한 특별조치법'으로 인해 567명이 정치활동 규제를 받고 있었는데, 80년에 1,2차 해금조치가 있었고, 이후로 84년 11월30일 3차 해금에서는 99명 중 84명이 풀려났다. 하지만 민추협에서는 김영삼 총재를 포함한 9명이 여전히 미해금 상태였다. 게다가 다음 12대 총선이 두 달여밖에 남지 않은 상황에서의 뒤늦은 해금조치는 명백한 부정선거였고, 또한 혹한기에 투표일을 잡아 모든 면에서 여당에 유리한 상황이었다. 그럼에도 이때의 해금으로 인해 신당창당의 가능성은 점쳐졌다. 야권의 해금당사자들은 당시 '여당의 들러리', '민정당 2중대 3소대'라고 불리는 허울뿐인 야당인 민한당이나 국민당 입당을 꺼려하는 분위기였다. 각고의 노력 끝에 대략 한 달도 채 되지 않아 유신독재와 맞서 싸웠던 정통야당 신민당을 계승한다는 의미의 이름으로 '신한민주당(이하 신민당)' 발기인 대회가 개최된다. 당의 구성으로는 민추협은 상도동·동교동계, 비민추협은 이철승계·신도환계·김재광계로 나뉘어졌다. 민한당 의원들이 집단 탈당해 동참하기도 했다. 김영삼은 정치활동이 규제된 상황에서도 선거의 승리를 위해 이민우를 신민당의 총재로 내세워 그를 통해 실질적으로 당의 조직관리를 비롯하여 전반적인 모든 것을 지휘했다. 정치 1번지인 종로에서는 즉석연설을 하며 시민들에게 뜨거운 환호를 받기도 했지만 이로 인해 선거가 끝날 무렵까지 다시 가택연금을 당하기도 한다. 이런 무렵 김영삼이 선거인선으로 고민하던 차에 있던 어느 날, 미국에 있던 김종규에게 몇 번이나 급하게 호출을 했다. 그는 또 무슨 일이 있나보다 생각하고 상도동으로 찾아갔는데, 이날 김영삼은 뜻밖에도 그에게 이민우 총재를 찾아가서 전국구 비례대표 후보에 출마하라는 제안을 해왔다. 당시는 신민당 돌풍이 예고되고 있었기에 전국구일 경우 당선은 거의 확실시되어 보였다. 그는 잠시 고민에 빠졌지만 이내 마음을 굳히고 말을 이었다.

"총재님. 제가 딸만 셋이지 않습니까?"

"그렇지."

"조금 늦게 결혼했기 때문에 애들이 사춘깁니다. 제가 벼슬을 하기 위해서 지금 내려오면 애들이 어떻게 되겠습니까? 벼슬보다도 자식이 중요합니다. 말씀은 너무 감사하나 정치는 역시 한국에서 직접 싸우는 사람들이 해야 되지 않겠습니까?"

두 사람간의 뜻밖의 제안이자, 또한 뜻밖의 답변이었다. 김영삼의 갑작스런 제안은 예전 이승만 당시 민국당 시절부터 사실상 부근에서 그의 활동을 지켜봐왔고, 가택연금해제 이후 찾아온 그의 충심, 또한 그 후에 생업을 잠시 중단해가면서까지 한국과 미국을 오가며 노력한 민주화에 대한 열의가 발로였을 것이다. 실지로 어떠한 언론도 김영삼의 발언을 싣지 못할 때 미국을 통한 대외적인 활동은 레이건 대통령과의 대담이라든가 한인교포들의 열화 같은 지지와 같은 실질적 성과를 이끌어내는 계기가 되었고, 여러 차례의 서예전을 통해 민추협 결성 과정에도 발 빠른 도움을 주었던 그였다. 이로 인해 연계된 신민당 창당과 곧 이루어질지 모를 정권교체의 가능성에 그의 공이 없다 할 수 없을 것이다. 비례대표 공천을 위해 줄을 대려는 사람들은 이루 말할 수 없이 많았지만, 그의 선택은 본인의 굳은 결심 하에 미국행까지 선택한 가족, 그리고 지금껏 고생했던 부인과 이제 막 사춘기에 접어든 딸들을 내버려두고 한국에서 정치의 전면에 뛰어들 수는 없다고 판단했던 까닭 때문이다. 그는 재야에 남아 몫을 다하겠다며 한사코 거절했고, 곧 김영삼 총재는 그의 뜻을 헤아리고 존중해주었다. 1985년 제12대 2·12총선에서 창당 25일밖에 되지 않았던 신민당은 정부와 여당의 예상을 깨고 돌풍을 일으켰다. 개표결과 신민당은 지역구 50석, 전국구 17석, 총67석을 얻어 강력한 여당으로 부상했다. 실로 선거혁명이라 할 만했다. 곧이어 국민들의 바람에 힘 입어 마지막 해금조치가 결정되고 최종적으로 김영삼·김대중도 규제에서 풀려났다. 김영삼에게는 4년4개월만의 자유였다. 이로써 민주화에 대한 오랜 염원은 점점 더 현실에 보다 가까워지고 있었다.

■ 김영삼 총재 플로리다 올랜도 방문

제12대 총선을 대승리로 이끈 신민당은 곧 체제정비에 들어갔고, 해금조치에서 풀려난 김영삼 총재는 민추협과 민주산악회 조직을 정비해 나갔다. 또한 총선 이전 제1야당으로 명맥을 유지하던 민한당은 신민당 돌풍 이후 위기를 맞고 있었는데, 결국 당선된 35명 중 서청원 의원 등 총 29명은 총선이 끝난 지 채 2개월도 지나지 않아 백기를 들고 민한당을 탈당, 신민당에 대거 입당하게 된다. 이로써 신민당은 103석의 거대야당으로 도약하게 된다. 이 무렵 김동영 원내총무의 추진 하에 김영삼은 야당의 총재로써 그 외 몇몇의 신민당 의원들과 함께 미국 방문을 계획하였다. 워싱턴에 방문하여 주요 정계 인사들과 만나 대담을 나누고, 먼 이국땅에서 항상 지지와 성원을 보내주었던 교민들에게 보답한다는 취지였다. 이렇게 계획된 워싱턴 방문 일정을 순조롭게 마칠 무렵 플로리다에 있었던 김종규는 김동영 원내총무로부터 급한 연락을 받는다. 갑자기 추진된 사항으로 김영삼 총재와 동료 의원들이 지금껏 창당까지 물밑 노력을 해온 그에게 감사를 표하는 의미로 당일 플로리다 방문을 급작스럽게 결정했다는 것이었다. 김종규는 촉박한 시간이었지만 적당한 장소를 섭외하고, 지역 곳곳에 연락을 취해 교민들을 불러 모아 서둘러 손님맞이 채비에 나섰다. 그리고 그 날 저녁 올랜도의 CB센터 회관에서는 이미 많은 교민들이 삼삼오오 모여 막 도착한 김영삼 총재 일행들을 뜨겁게 환영했고, 이어서 '민주화의 밤' 만찬행사가 열렸다. 올랜도 근방의 한인들은 한국의 굵직한 야당의 리더를 만나기 위해 가족들을 모두 대동하여 만찬에 참석했고, 각 가정에서 음식을 손수 마련해 교민들과 서로 나누었다. 이날 환영회를 마치고 교민들과 기념사진을 찍는 자리에서 김영삼 총재는 곁에 있던 김종규에게 진심 섞인 농담 한 마디를 던졌다.

"아이고 김동지, 내 말 안 듣더니 고생하며 산다."

2·12총선 바로 직전 김영삼 총재가 김종규에게 전국구 비례대표를 제안했다는 것을 아는 이들은 거의 없었다. 식이 끝나고 동료의원들이 조금 전 총재가 던진 말의 의미를 하도 캐물어 그가 자초지종을 털어놓으니 다들 하나같이 펄쩍 뛰었다. 도저히 이해할 수 없다는 반응들이었다. 하지만 그는 이후에도 당시의 결정에 대해 후회해 본 일은 없었고, 끝까지 신의를 지키며 재야에서 본인의 소임을 다하였다. 모든 일정을 마치고 김영삼 일행은 당일 바로 워싱턴으로 복귀했다. 김종규는 바쁜 일정을 쪼개어 지방 올랜도에 방문해준 김영삼 총재에 대한 고마움의 표시와 이국땅이 익숙지 않았던 일행들의 편의를 위해 워싱턴까지 같이 동행하며 보좌하였다. 도착하니 이미 늦은 저녁이라 숙소에서 하루 쉬며 회포나 풀자는 동료들의 재촉에도 불구하고 그는 다시 올랜도로 향하는 비행기 편에 올랐다. 플로리다 각 지역에서 그를 믿고 와준 교민들과

지인들에게 감사를 표하고 행사의 마무리도 매듭지어야 했기 때문이다. 미국의 중심부와는 떨어진 곳에서 한국의 주요 정치인을 한 번도 맞이해 본 적이 없었던 플로리다 교민들도 그에게 연신 감사의 인사를 전했다.

:: 김영삼 총재 플로리다 올랜도 방문

:: 김종규, 김영삼 총재, 이진자 여사

2

대선, 쓰디쓴 패배

양약고구良藥苦口

1987년 6월의 5공화국은 서울대생 박종철 고문치사사건과 민주화를 위한 직선제 개헌논의를 금지하는 4·13 호헌조치가 발표됨에 따라 국민적 여론은 묵혀두었던 불만으로 인해 터지기 일보 직전이었다. 이에 야당과 재야의 인사들, 그리고 사제단은 각각 성명을 발표하고 국민운동본부를 결성하기에 이르러 시국선언 및 집회를 이끌어나갔는데, 그에 따른 최루탄 난사 등 과도한 진압과 무차별한 구속 등이 이어지고 있었다. 이에 대국민 운동이었던 6·10대회에서 이한열 열사가 최루탄에 맞아 쓰러지면서 국민들은 정권에 대한 불신임과 분노로 집회의 열기는 최고조에 이르렀고, 이는 곧 6.26 평화대행진으로 귀결된다. 학생운동으로 점화되었던 항쟁은 점점 번져 시민들의 대거 참여와 넥타이 부대까지 총동원되며 '중산층의 반란'이라는 표현도 등장했는데, 이를 각 주요세계 언론사들은 각 1면 톱기사로 다루었다. 김영삼 총재와 그 참모진들도 살인적인 최루탄 가스를 마시며 시위를 주도적으로 이끌다가 닭장차로 상도동 자택에 끌려가는 등 숱한 일들을 겪었다. 하지만 결국 독재에 항거하는 국민적 열기와 결집의 항쟁은 군과 경찰에 의존하던 전두환 정권을 궁지로 몰아넣었다. 당시 6.29선언에서 민정당 대표였던 노태우는 직선제 개헌, 언론보장 자유 등 8개항을 발표함으로써 최종 굴복하고 말았다.

*

6월 항쟁의 성공 후 초미의 관심사는 당해 12월에 열릴 제13대 대선이었다. 군정종식에 대한 열망과 기대가 커진 만큼 선거전의 양상도 그만큼 달아올랐다. 특히 내란음모사건으로 정치활동금지 상태였던 김대중이 최종 사면·복권되며 예전 직선제 개헌을 시행한다면 대통령 불출마 선언을 하겠다는 약속을 번복, 출마선언을 하며 야권의 단일화문제가 화두로 떠올랐다. 초반에는 가장 우선시되어야 하는 것은 민주화의 결실이며 '표 대결은 없을 것'이라고 했지만 김영삼·김대중 양김의 의견은 좁혀지지 않았다. 집권층 또한 이 기회를 놓치지 않고 민주세력의 분열을 획책하기 시작했고, 결국 단일화와 경선의 결렬과정을 거치며 마지막까지 평행선을 그리게 된다. 이에 김대중은 결국 통민당을 탈당, 평화민주당을 창당하며 본인의 노선을 확고히 한다. 결국 민정당의 노태우, 통민당의 김영삼, 평민당의 김대중, 신민주공화당의 김종필까지 1노3김으로 야권이 분열된 상태에서 대선이 치러지게 되었다. 하지만 그럼에도 군정종식에 대한 열망이 컸던 만큼 김영삼 캠프는 유세에서의 뜨거운 반응에 승리를 확신했고, 여론조사에서도 앞서고 있어 당사의 분위기는 좋았다. 그런 즈음 선거를 이십여 일 코앞에 두고 있을 때 대한항공KAL기 폭발사고가 났다. 이는 유권자들의 불안한 심리를 자극했고, 위태한 안보의 문제는 노태우에게 마지막 힘을 실어주었다. 김영삼은 참모들을 불러 모아 대책회의를 마련, 마지막 자문을 구했다. 서석제, 김동영, 김종규가 동석했다. 하지만 여론조사를 의식한 탓인지 모두 승리를 확신하는 분위기로 흥분에 들떠있었고, 화기애애한 덕담들이 오고갔다. 하지만 김종규는 생각이 달랐다. 유독 표정이 어두운 그를 보고 김영삼이 물었다.

"와 그라노?"

"……. 지금 지지율이 낙엽처럼 떨어지고 있습니다. 막아야 합니다."

김종규는 직언을 결심했고, 이에 사무실 분위기는 찬물을 끼얹은 듯 조용해졌다. 김영삼 총재가 불편해하는 기색을 보이자 옆의 참모들이 거들었다.

"아, 그 선배님은 괜히 미국서 와가지고 불리한 말씀만 하십니까?"

김영삼 총재도 기분이 썩 좋지 않은 모양으로,

"아닐낀데?"
"아닙니다. 지금 떨어집니다. 대책이 필요합니다. 큰일 났습니다. 야, 똑똑히 알고서 말씀을 드려야지, 도저히 안 돼!"

양약고구良藥苦口. 좋은 약은 입에 쓰다고 했던가. 그는 승리를 너무 확신하는 들뜬 분위기에 조금은 자중해야함을 느꼈고, 실로 본인이 현장에서 보고들은 판세는 아직 가늠할 수 없는 오리무중의 상황이었다. 얼마 남지 않은 상황임에도 뭔가 대책마련이 필요하다고 여겨졌던 것이다. 그의 직언은 뜨거운 주전자에 찬물을 끼얹은 꼴이 되고 말았지만, 그의 발로가 뜨거운 충심, 바로 그곳에서 나왔다는 것은 김영삼 총재나 참모진들도 모두 알고 있는 바였다. 하지만 당시의 뜨거운 분위기는 그의 우려를 그저 충심어린 기우 정도로만 생각해버렸다. 결국 설마 했던 13대 대선은 노태우 828만 표, 김영삼 633만 표, 김대중 611만 표로 그토록 열망했던 군정종식과 정권 재창출의 대의에 뼈아픈 패배를 안겨주었다. 김종규에게도 온 몸을 던져 지원한 선거에서의 실패는 에이는 쓰라림으로 다가왔다.

3

김영삼 당수 방소 기자회견

김영삼 당수 방소訪蘇 후 워싱턴DC 방문

노태우 정권이 들어서고, 13대 국회가 열렸다. 김영삼은 민주당 총재직을 내려놓고 야권의 통합과 규합에 힘을 다해 총선을 성공적으로 이끌었다. 이어서 국내적으로는 5공비리 척결과 광주문제 해결, 국외적으로는 88서울올림픽에 발맞춰 미국·일본 등 야당외교를 이끌며 국제사회로 지평을 넓히고 있었다. 그 무렵 1989년 6월 2일부터 10일간 김영삼 당수는 소련 순방 일정이 계획되어 있었다. 당시까지 철의 장막으로 가려져있던 소련이 글라스노스트(개방)와 페레스트로이카(개혁)의 구호로 문을 열기 시작했고, 한국 정치인으로써는 최초의 초청이었다. 순방 몇 주전, 참모회의에서 김종규는 방소訪蘇일정을 마치고 바로 이어서 워싱턴DC에 방문할 것을 제안했다. 지금껏 김영삼 당수에게 열렬한 물밑 지지와 성원을 보내주었던 미국 한인교포들과의 만찬회, 또한 워싱턴 정계의 주요 인사들과의 대담을 추진하겠다는 계획이었다. 여러모로 앞으로의 행보에 도움이 될 것이었다. 김영삼 당수와 참모진들은 처음에는 의견에 반색하는 듯 보였으나, 어쩐지 시간이 지날수록 흐지부지 흐려져 가는 분위기가 되었다. 어찌 일이 진행되지 않느냐 물어보니 김덕룡 비서실장이 하는 말이, '좋은 계획이지만 김대중 고문과는 다르게 김영삼 당수는 미국에 본인의 조직이 없어 괜한 일들을 벌이는 거 아닌가.'하는 걱정 때문이었다. 김종규는 김영삼 당수의 지지자들은 얼마든지 있으며 정 믿기 힘들면 본인이 직접 추진해 당장이라도 준비하겠다고 나섰다. 결국 그의 고집과 끈질긴 설득으로 참모회의를 거쳐 방소 후 워싱턴 방문이 결정되었다. 그는 당시 비서 장학로에게 당수의 사진 및 여러 가지 만찬 준비를 위한 물품들을 지시해서 챙기고, 곧 미국으로 넘어가 한인회장 당시의 인맥으로 사람들을 끌어 모으기 시작했다. 그는 플로리다 한인회 주최로 한 플래카드와 팻말을 관계자들과 함께 직접 만들고, 공항 환영을 위해 워싱턴에 있는 한인들을 최대한 소집했다.

*

마침내 소련 순방을 마친 김영삼 일행이 뉴욕을 거쳐 입국하던 날 오전10시, 워싱턴 공항은 김영삼 당수를 맞이하는 인파와 플래카드로 거대한 물결을 이루었다. 여기저기서 팻말을 든 인파들이 '김영삼! 김영삼!'을 떠나갈 듯 연호했다. 한인회 사람들과 미국 각지의 교포들이 대거 참석하고 주미대사와 영사도 자리하고 있었다. 예상 밖의 인파에 놀란 김영삼 당수와 참모진들은 영접하고 있는 대사보다 앞서서 한켠에서 이를 지켜보던 김종규에게 먼저 다가가 악수를 건네며 감사를 표했다. 빠듯한 일정을 위해 후의 만찬을 기약하고 뜨겁게 환호하는 교민들에게 간단한 감사의 인사말을 전한 뒤 공항을 나섰다. 공항에서 김종규에게 감사를 표하며 귓속말로 김영삼 당수가 그에게 긴밀히 말을 이었다.

"김동지. 언론에는 노출이 안됐는데 소련에서 소련수상과 북한 조평통(조국평화통일위원회) 위원장 허담을 만났네. 아직 뉴욕에서도 발표를 안했어."

당시 야당당수가 소련에서 북한의 외무부장관급 인사를 만나서 대담을 했다는 사실은 가히 특종감이었다. 김영삼 당수는 소련에서 허담과의 대담 시 논의 내용을 국내에서 공개하기로 약조한 상태였는데, 어설프게 비슷한 정보를 입수한 기자들이 국내에 오보를 올리고 있는 상태라 피치 못하게 정리를 할 필요성이 있었던 것이다.

"그러십니까! 여기서 터트리시지요. 바로 준비해서 오늘 2시에 기자회견을 열겠습니다. 기자들도 최대한 불러 모아 보겠습니다."

그는 숙소에 도착한 즉시 기자회견 준비를 서두르며 AP통신 및 외신들, 그리고 교민 신문 기자 등 될 수 있는 한 많은 언론에 연락을 취했다.

*

기자회견은 약속한 대로 오후2시에 열렸다. 워싱턴 내셔널 프레스클럽에는 많은 인파들과 취재진으로 인산인해를 이루었고 곳곳에서 플래시 소리가 터져 나오기 시작했다. 김영삼 당수의 방소 당시 허담과의 대담은 예상대로 많은 언론의 주목을 받았다. 내용은 자주·평화통일에 대한 남·북한간의 원칙에 대한 논의와 이를 위한 대민족회담 등 주로 조국의 통일과 화합에 관한 내용, 그리고 서로의 입장교류와 확인이 주를 이루었다. 급작스럽게 모스크바에서 추진된 이 대담에서 허담 위원장은 곧바로 전용기를 타고 평양으로 이동해 지도자들끼리의 만남을 제안하기도 했는데 김영삼은 이를 거절했다. 이 회견으로 댄 퀘일 미국 부통령 및 장관과 주요인사들의 초청과 환대가 있었고, 김영삼 당수는 출국 때까지 바쁜 일정을 보냈다. 이어서 교민들 350여명을 초청한 '민주화의 밤' 환영만찬회가 열렸다. 김종규는 김영삼 당수에게 만찬 자리에서는 되도록 국내의 민감한 정치 사안에 대해서는 발언하지 말기를 권하고, 소련 순방 당시의 이야기들만 전하는 것이 좋겠다고 건의했다. 김영삼 당수는 그의 제안을 흔쾌히 받아들였고, 타지에서 국내를 주시하며 항상 그를 열렬히 지지하고 응원했던 교포들과 뜨거운 환영 만찬회 자리를 가졌다. 당시 의원이 되기 전 민추협 부위원장이었던 김무성 현現의원은 이 만찬회를 돕기 위해 참석하여 계산까지 했다는 후문이다. 김영삼 당수에게는 소련 순방을 거쳐 미국에 들르면서 먼 이국땅에서 자신을 지지하고 응원하는 교민들의 뜨거운 마음을 확인하는 시간이 되었다. 떠나기 전 손명순 여사는 김종규에게 감사의 인사를 표하며 김영삼 친필이 담긴 자개를 선물하였다.

'대도무문大道無門 - 옳은 길을 가는 데는 거칠 것이 없다'

:: 대도무문 - '옳은 길을 가는 데는 거칠 것이 없다'

4

3당 통합 선언

충격의 3당 통합

1990년 새해벽두가 밝기 하루 전, 전두환은 청문회에 출석했고 미흡한 국회증언이었음에도 일단 5공 청산은 일단락되었다. 당 차원에서도 다시 시작될 해를 맞아 새로운 시작과 변화가 필요한 시점이었다. 이 무렵 김종규는 신년을 기해 해외에서 당을 지지하고 활동하고 있는 유력한 한인들을 모두 초청하여 국내외 주요사안에 대한 세미나를 열자고 제안했다. 예전 워싱턴 방문 때와 마찬가지로 처음에는 일이 순조롭게 진척되는 듯 했으나 점차 진행이 더뎌졌다. 해외 곳곳에 있는 교포들을 초청하는 것은 쉽지 않은 일이었고, 그로 인해 일에 제동이 걸린 것이었다.

결국 그가 제안한바 규모를 축소해 미주 지역의 교민들만 초청·진행하기로 합의가 되었다. 그는 미국전역에 있는 한인회 포함 여러 단체와 지인들에게 공문을 보내는 것을 시작으로 여러 방면으로 인원초청에 심혈을 기울였다. 1월9일 당일 우이동 아카데미 하우스에서는 수백 명이 참석한 가운데 이틀 동안 세미나가 개최되었다. 이 자리에서 김영삼 총재는 극좌와 극우를 배제한 새로운 시대 건설, 또한 일반인 출신의 지도자로써 문민정부를 기필코 확립하겠다는 의지를 표명했다. 며칠 뒤 세미나와 그 뒷마무리까지 모두 마치고 다시 출국을 앞둔 시점이었다. 마포 당사에서 김영삼 총재에게 의례 해왔듯이 23일로 해두었던 출국날짜를 알렸다.

"김동지, 그 날 가지 말고 좀 더 있다가 가지 그래."

평상시와 다르게 무슨 연유에서인지 총재가 그의 출국을 만류했다.

"가야하는데."

"한 며칠만 더 기다려봐. 중요한 일이 있어서 그래."

"무슨 일인데요?"

"아 글쎄. 내 말 들어. 며칠만 더 기다려봐."

그는 전에 없던 만류에 의아했지만 단지 무슨 중요한 일이 있겠거니 생각하고 출국을 연기했다. 그리고 1990년 1월 22일 서울이 눈으로 새하얗게 뒤덮였던 월요일 오전, 청와대에서 노태우·김영삼·김종필은 3당 합당을 선언했다. 이 사건은 김영삼 총재의 측근뿐만이 아니라 모두에게 충격적이었다. 김영삼은 이승만 정권 당시 자유당으로 국회에 들어왔지만, 3선 개헌 이후 탈당, 평생을 야당의 주축에서 민주화 운동을 해왔다. 그러던 그가 갑자기 군부세력과 손을 잡았다는 것은 상상하기 힘든 일이었다. 하지만 총재는 이제는 새로운 시대에 맞춘 신사고新思考가 요구되는 때이고, 변화하는 세계의 흐름에 발맞춰 초당적 자세로 임하는 구국적 결단이라고 발표했다. 이로 인해 4당 체제가 당리당략에만 빠져 허우적대고 있다고 본 국민들은 환영의 뜻을 비치기도 했고, 그럼에도 파격적인 초당적 합당을 불편하게 보는 시선도 함께 공존했다. 당시 초선의원이었던 노무현과 김광일도 이때의 민정당과의 합당을 거부하고 탈당하여 꼬마민주당이라고 불렸던 새로운 민주당을 창당했다. 김종규도 처음에는 이러한 급물살에 비판적인 마음이 일었지만 이내 생각을 달리했다. 곧 다가올 다음 대선을 고려해보자면 지난 87년 당시의 뼈아픈 교훈을 되새기지 않을 수 없었기 때문이다. 계속 같은 방식이라면 또다시 야권의 대통합이 문제가 될 것이고, 만약 또다시 결렬 시에는 뼈아픈 실패가 되풀이될 수도 있다고 판단되었다. 김영삼도 측근들에게 '호랑이를 잡으려면 호랑이굴에 들어가야 한다.'는 의지를 더욱 강경하게 비쳤다. 김영삼 총재가 김종규의 출국을 지연시킨 것에는 본인의 중대한 결단을 곁에서 지켜보고, 그에 대한 지지와 함께 충심어린 자문이 필요했던 까닭이었다.

5

문민정부의 탄생

문민정부의 탄생

3당 통합 이후에도 곡절은 많았다. 노태우는 안기부를 이용해 끊임없이 공작정치를 펼쳐 김영삼을 정치적으로 제거하려는 음모를 숨기지 않았다. 강한 반발에도 그 시도는 수차례 이어졌다. 이에 맞서 김영삼은 다시 한 번 탈당을 하는 한이 있어도 공작정치를 뿌리 뽑기 위한 결단으로 강하게 밀어붙였고, 결국 노태우는 해당기관 당사자를 엄벌하는 것으로 본인은 뒤로 빠지면서 벌어진 일들을 수습했다. 결국 김영삼은 온갖 방해공작에도 불구하고 집권당 소수파라는 약점을 극복하고 '완전 자유경선'을 주장해 압도적 지지로 후보에 선출된다. 이후에도 김영삼 집권 후를 두려워한 노태우는 대선을 채 몇 달 안 남긴 시점에서 14대 총선당시 본인이 주도했던 관건선거 파동에 대한 사과를 빌미로 민자당을 탈당하기에 이른다. 대통령의 집권당 탈당은 국민들에게 큰 충격을 안겨주었고, 이는 잇따른 민정계 의원들의 도미노 탈당을 야기했다. 이에 김영삼은 9선 국회의원직을 사퇴하는 배수의 진을 치고 단기필마로 전국유세에 나선다. 투표 사흘 전 12월 15일에는 '부산 초원복국집 사건'이 터져 김기춘의 '우리가 남이가'라는 말이 도마 위에 올랐다. 이 사건은 지역감정을 부추기는 원인이 되었고, 이로 인해 또다시 혼란의 파장과 함께 김영삼 후보 진영은 최대의 고비를 맞기도 하였다. 하지만 국민들의 오랜 숙원이었던 민주화에 대한 열망과 문민정부에 대한 기대는 쉽게 수그러들지 않았다. 1992년 12월19일 최종 개표결과는 김영삼 997만 7332표, 김대중 804만 1284표, 정주영 388만 67표, 박찬종 151만 6047표, 총 유효투표의 41.4%로 제14대 대통령 당선이 확정되었다. 국민들은 문민정부의 탄생에 열렬히 환호했다. 당선 발표에 김종규의 감회도 실로 남달랐다. 민국당 시절부터 격랑을 함께했던 옥중동지이자 오랜 군정의 험난한 세월을 거치며 떠나야 했던 조국, 그리고 미국에서의 고달픈 생활, 신군부에 의한 김영삼의 가택연금과 23일간의 단식투쟁을 타지에서 지켜보며 울분을 참지 못하고 찾아갔던 상도동이었다. 국회의원조차 단 한 줄의 글도 신문에 낼 수 없었던 언론탄압의 독재정치 속에서 그는 민주화를 꿈꾸며 한국과 미국을 오가며 조금의 힘이라도 되고자 킹메이커 역할에 온 몸을 내던졌다. 기나긴 여정이었다. 여기까지 오는 동안 국회의원 제의도 받았으나 그 자신이 직접 정치에 뛰어들고픈 욕심은 한 번도 가지지 않았다. 사람들은 대부분 전면에 나선 인물들에게 열광하고 그 공을 치하하겠지만, 순전히 재야에서 보이지 않는 그림자로써 민주화를 위해 하나의 톱니바퀴가 되어 순수하고 굳게 임한 이들도 있었다. 그리고 이제 모두의 꿈은 현실이 되었다. 그는 지난 몇 년간의 시간들을 소회하고 나서 마음속으로 읊조렸다.

'나의 역할은 여기까지다. 이제 돌아갈 때이다.'

*

출국 전 자주 가는 식당에 들렀다. 무슨 일인지 많은 사람들이 그를 알아보았다. 당선 당일 날 MBC에서 방영한 '대통령을 만든 사람들'이라는 프로그램에서 그를 보았다는 것이었다. 아마 선거 마지막까지 당사에서 비서진들과 회의하는 모습이 카메라에 잡힌 모양이었다. 사람들이 웃고 떠들며 기뻐하는 모습은 이제 또다시 열릴 새로운 시대의 개막을 알리고 있었다. 이제 어느덧 그의 나이도 예순이었다.

당선 그 이후

김영삼 대통령이 당선되고 나서 전에 없던 일들이 생기기 시작했다. 평소 그를 멀리하거나 본체만체 했던 인물들, 심지어 현역 국회의원이나 한 자리를 차지하고 싶어 하는 인물들이 노골적으로 그에게 접근해오기 시작한 것이다. 실로 그는 지금까지 일했던 공을 인정받아 여러 공기업에서 명예회장이나 자문제의가 들어왔는데 그는 한사코 모두 거절했다. 그 이유는 그의 전문분야도 아니거니와 또한 대통령에게 절대 누를 끼쳐서는 안 된다고 생각했던 까닭이었다. 그즈음 일전에 한국에서 사업을 한 이후부터 줄곧 만나왔던 한 후배가 이전부터 본인의 중소 건설기업의 자문 겸 명예회장직을 또다시 제안해오고 있었다. 한참, 양국을 오가며 바쁠 당시에는 활동으로 인해 신경을 쓸 겨를이 없었지만 이제는 고려해볼 수 있는 시기가 되었다. 건설현장에서 함께 사업을 진행했었던 후배의 회사였고, 더욱이 위치가 수원이었는데 서울은 당시 줄을 대려는 사람들이 터무니없이 많아 버거운 상황이었다. 여러 가지 판단 끝에 후배의 제안을 수락하였다. 하지만 이런 결정을 한 이후에도 본의 아니게 계속해서 다른 굵직한 제안들이 생겼다. 결국 그는 "나에 대해서 신경 쓸 필요 없다."는 말로 딱 잘라 일갈하였다. 수원의 중소 건설회사에서는 명예추대와 법인카드를 하나 내주었지만, 퇴직하기 전까지 사업상 본인이 대접해야 하는 최소한의 식사비용 이외에는 일부러 일절 손대지 않았다. 그는 김영삼 대통령 당선 이후에 혹여나 조금이라도 대통령에게 시비 거리나 해가 될 법한 처신은 의식적으로 일체 하지 않고 조심했다. 이것이 그가 대통령에게 신의를 지키는 방법이었고, 그는 이렇게 끝까지 본인의 소임을 다하였다.

*

얼마 후 미국에서 큰딸(김성)의 결혼식이 있었다. 어렸을 때부터 미국에서 생활한지라 성격 좋은 미국사람과 눈이 맞아 화촉을 올리게 되었다. 굳이 알리지도 않았는데, 청와대 비서실의 장학로 제일 부석실 실장에게서 만나자는 연락이 왔다. 카페에 들어서서 이야기를 나누는데 장비서는 한국에서 결혼식을 한 번 더 하는 것이 어떻겠냐고 물어왔다. 현재 청와대에서 근무하는 상도동계 사람들과 주위 지인들이 많이 참석하고 싶어 한다는 취지였다. 마음만 받겠다고 정중히 거절했는데, 장비서가 그렇다면 드릴 게 있다며 가방에서 뭔가를 꺼냈다. 보아하니 김영삼 대통령이 신랑·신부에게 선물하는 대통령 시계와 지금껏 상도동에서 같이 일했던 동료들의 축의금이었다. 지금껏 누가 되지 않으려 그렇게 신경을 쓰며 딸의 결혼식도 굳이 알리지 않았으나 어떻게 사실을 알고 축의금을 미리 준비한 것이었다. 이조차 받지 않으면 성의를 마다한 결례가 될 것이고, 딸의 앞날을 위해 동지들이 주는 축하의 의미이니 이는 감사를 표하며 기쁜 마음으로 받기로 했다. 이러한 마음을 얹어 미국에서 큰딸의 결혼식은 남부럽지 않게 치를 수 있었다. 이후로도 그는 좋은 일이 생길 때면 스스럼없이 김영삼 대통령을 허물없이 찾아뵙고 인사를 드렸다. 마찬가지로 김영삼 대통령도 바쁜 국정 속, 또 퇴임 이후에도 신년에는 항상 그와 가족들을 위해 카드를 보내고 안부를 물어오곤 했다.

제5부

이북의 가족들

1993~2007

1

뜻밖의 만남

친척의 방문

문민정부가 들어서고 일단의 정치활동에서 벗어났음에도 그는 한국의 중소 건설회사의 자문 겸 회장직 제안을 받아들이면서 여전히 양국을 오가며 여러 가지 일을 맡아보고 있었다. 그러던 어느 날 일찍이 돌아가셨던 큰 형님의 제사에 참석하기 위해 제천을 찾았다. 오랜만에 조카들을 반갑게 만나 그간의 소식들을 주고받는데 뜻밖의 이야기를 듣게 되었다.

당시 제천시청에서는 첫째·셋째형님의 아들인 조카 둘이 각각 서기관과 행정관으로 근무하고 있었다. 마침 직원들이 모두 점심 식사를 하러 나가고 조카 하나가 남아 일을 보고 있었다. 그 때 쉰 살가량쯤 되어 보이는 남자가 들어왔다. 어찌 왔느냐고 물어보니 하는 말인 즉, 남자는 자신의 이름을 윤창근이라고 밝히고 재중동포이며 오랜 기간 중국서 살다가 작년 한국에 들어와 일을 보게 되었는데 오랫동안 소식이 끊긴 친척형제들을 찾고 싶다는 것이었다. 어렸을 적 그의 어머니에게 들은 바로는, 외갓집 본적이 충북 제천이고, 외할아버지의 존함이 김비돌이라는 것이 기억의 전부였다. 이 또한 할아버지의 존함이 독특해서 기억할 수 있었던 것이었다. 이에 몇 번이나 제천을 방문해 수소문해보았지만 확인할 방법이 없었고, 결국 시청에 찾아왔던 길이었다. 마침 서기관으로 있던 큰 조카가 식사를 마치고 돌아와 이야기를 나누다 할아버지의 존함이 어딘지 익숙하여 알아보니 김비돌이라는 분은 조카들의 증조할아버지이기도 했다. 뜻밖에 윤창근은 고모의 아들, 즉 조카들에게 5촌 아재뻘이었던 것이다. 조금 거리가 있는 친척이었지만 조카들은 기막힌 만남에 놀라워하며 아재에게 여러 집안 소식들을 전했다. 다른 분들은 모두 돌아가셨고, 작은 아버지인 김종규가 살아계시지만 현재 미국서 살고 있다고 전하였다. 그리고 작은 아버지는 4월 초파일 첫째 형님의 제사 때 필시 오실 것이니 그 때 참석하시면 만날 수 있다고 해두었던 것이다. 특히 조카들은 어린 시절부터 김종규의 보살핌을 받으며 그가 품은 친척·형제들에 대한 애정이 어떠한지를 직접 겪으며 잘 알았기 때문에 꼭 오시라는 당부의 말도 잊지 않았다.

김종규는 형님의 제사를 지내러 왔다가 조카들의 뜻밖의 이야기를 듣곤 노발대발했다. 멀리서 힘겹게 찾아온 아재를 조카들이 성심성의껏 모시지 않았고, 식사도 한 끼 대접하지 않고 도리를 다하지 않은 것, 또한 바로 미국으로 연락을 취하지 않은 것에 대해서도 꾸중을 했다. 조카들이 여러 차례 용서를 구하고 난 뒤에야 조금 화가 가라앉았다. 이어 곧 있을 제사준비를 서둘렀고, 손님맞이할 채비를 하였다. 기다리고 있으니 12시 정각에 전화가 왔고 윤창근이 고속터미널에 와있었다. 김종규는 단걸음에 달려가 일생처음 만나게 된 친척을 맞이했다. 오랜 기간 떨어져 있었지만 잊지않고 어렵게 찾아와 준 사촌이 반가웠고, 형님의 제사도 잊지 않고 참석해주어 고맙기도 했다. 그때부터 김종규는 한국에 올 시 친척부부와 왕래하며 살갑게 지냈다. 그러다 생활을 들어보니 중국에서 온 이후 이들 부부는 어렵게 일을 전전하고 있었고, 불합리한 경우들 또한 너무나 많았다. 김종규는 그들 부부를 위해 절차에 따라 국적을 취득할 수 있게 도와주고, 힘없는 그들을 부당하게 이용하는 회사 관리자에게 정당하게 따져서 밀렸던 보수를 해결해주는 등 발 벗고 도움에 나섰다. 이러던 와중 친척의 뜻밖의 방문을 계기로 인해 그는 6·25 이후 뿔뿔이 흩어져 생사조차 알 수 없던, 마음속 깊이 묻고 지냈던 형제·친척들에 대한 그리움이 날이 갈수록 커져가는 것을 느꼈다. 그리하여 윤창근에게 중국에 있는 가족과 친척들에 관해 물어보았으나 그 또한 전화번호, 심지어 주소조차 알고 있지 못했다. 또한 남한에 있는 형님들이 모두 돌아가신 이후 남아있는 형제는 작은 누님 한 분이었다. 그녀 또한 오랜 기간의 암 투병으로 인해 쇠약해져 있었다. 죽기 전 이북에 있는 형제들을 꼭 한 번은 만나야 한다는 간절함, 또한 형님들이 모두 돌아가신 와중에 자식 된 도리로써 이미 타계하셨을 것이 분명한 아버지, 어머니의 기일이라도 알고, 최소한 매년 제사는 지내야 하지 않겠느냐는 마음이 일었다. 그는 이번 뜻밖의 친척방문 계기를 통해 이제는 본인이 직접 가족들을 찾아 나서기로 마음을 먹게 되기에 이른다.

2

이산가족

이산가족의 아픔

상황을 알아보기 위해 처음으로 연변에 당도했다. 앞에는 푸르른 두만강이 흐르고 저 바로 건너편에는 이북 땅과 낡은 집들이 선명하게 보였다. 보아하니 이쪽 편에도 임시로 가설된 듯 보이는 낡은 집들이 있었는데, 거기에는 김종규와 연배가 비슷하거나 더 많아 보이는 사람, 또는 가족들이 있었다. 그 사람들은 김종규와 마찬가지의 처지로 헤어졌던 이북의 형제들을 단 한 번만이라도 보고 싶어 무작정 강가에다 진을 치고 기다리는 사람들이었다. 이들은 두세 달이 넘도록 이 열악한 곳에 머물며 하염없이 기다린다고 하였다. 간혹 중국과 이북을 드나드는 사람들을 통해 소식을 전달해 강을 사이에 두고 만나게 되는 경우도 드물게는 있었다고 한다. 그럴 시에는 이북에서 배를 곯고 있을지도 모르는 형제를 위해 준비해두었던 현금과 쪽지를 돌에 묶어서 강 건너편으로 던져주기도 하였다. 그러다 발각 시에는 초소의 군인들에게 돈과 쪽지를 몽땅 빼앗기기도 했다. 도도하고 아름답게 흐르는 두만강을 사이에 두고 벌어지는 민족의 아픔이고, 참으로 비극적인 광경이었다.

수소문

그는 중국의 여러 곳을 몇 차례나 방문하며 수소문했으나 친척들의 행방은 알 길이 없었다. 그러던 중 어릴 적 들었던 기억으로, 일정 때 아버지 바로 밑의 동생인 작은 고모가 중국 조양진이라는 곳에서 농사를 크게 짓고 살았다는 것을 떠올렸다. 고모는 논에 비가 내릴 때 엄청나게 들어차는 메기를 잡아다 말려서 직접 집에 갖다 주기도 했었던 것이다. 하지만 정확한 주소는 알지 못했다. 요행히도 집에는 옛날에 찍은 아버지의 가족사진 중 귀퉁이에 자그맣게 나온 젊었을 적 고모의 모습이 있었는데 그는 인화소에서 그 부분을 크게 확대해서 챙겨들고 무작정 조양진으로 향했다.

*

처음 방문했을 시에 사진을 들고 일일이 집을 돌며 물어보고 다녔으나 너무 젊었을 적의 사진이어서인지 아는 사람은 없었고 결국 실패했다. 그리고 몇 달 뒤 한 번 더 찾아갔다. 이번에는 조양진에서 가장 나이가 많은 사람을 수소문하여 찾아가기로 했다. 한 집에 들르니 연세가 지긋한 할머니가 계셨고 한참을 붙들고 사진을 보여주며 자초지종을 설명하니 한참을 내내 들여다보다가 말을 이었다. "… 영숙이 엄만가?" 확실치 않은지 갸우뚱했다. 하지만 수소문을 한 지 몇 달 만의 실낱같은 희망이었다. 할머니는 영숙이 엄마라는 분이 통화 옆 철창 깊숙한 곳에 살았었다고 기억을 더듬었다. 지체하지 않고 산 넘고 물 건너 우여곡절 끝에 그 곳에 당도하니 다 쓰러져가는 움막집 한 채가 보였다. 싸리문을 두드렸다.

"실례합니다!"

곧 움막에서 백발의 할머니가 천천히 나와 쓰러져가는 목소리로 아랫목에 나와 앉았다.

"…뉘시오?"
"사람을 찾습니다!"
"물어보슈."

시간을 들여 사진을 뵈어주니 할머니가 매우 놀라는 눈치로 말을 이었다.

"이 사진 어디서 났수?"
"내 고모요."

한참을 다시 들여다보던 할머니는 사진 속 여자가 분명 자신의 엄마라고 말했다. 이 할머니가 작은 고모의 딸, 영숙이 본인이었던 것이다. 처음 만나게 된 사촌지간이었다. 그는 그간의 자초지종을 설명하며 반가움을 표했고, 그들은 그렇게 어렵사리 해후하게 되었다. 그간의 얘기를 들어보니 그녀에겐 두 아들이 있었는데, 작은 아들은 탄광에서 일하다 일찍 세상을 떠났고, 큰 아들은 같은 곳에서 십장노릇을 하고 있었다. 아들 며느리가 시어미와 사이가 좋지 않아 고즈넉하게 이리 따로 살고 있다했다. 하지만 효자인 아들은 자주 찾아오곤 하였다는데 그것으로 위안을 삼는 모양이었다. 하지만 그녀 또한 이북에 있는 형제들의 소식은 깜깜했다. 대신 김종규에게 백산에 살고 있는 자신의 조카 점순이를 찾아가 도움을 청하라고 일러주었다. 그 후로 김종규는 중국이나 한국에 살고 있는 육촌에 가까운 아버지 친척 식구들 전부를 하나둘씩 만나게 된다. 조카 점순이의 여동생은 사촌 윤창근과 마찬가지로 돈을 벌기 위해 중국에서 한국으로 넘어와 식당일을 하며 어렵게 전전하고 있었는데, 이 또한 김종규는 일일이 찾아가 만나고 용돈을 쥐어주며 힘을 보태주었다.

만주 임강

얼마 후 그는 유년기를 보냈던 만주 임강을 50여년 만에 찾아갔다. 오리머리 빛의 압록강은 여전히 푸르고 시리게 흐르고 있었다. 예전의 조양우급국민학교 터도 그대로 남아 있었고, 가난했지만 북적대고 따뜻했던 가족들과의 마지막 시절들이 다시 다가왔다. 예전 6·25당시 아버지의 친우 오징어 장사치가 얘기했던 임강 압록강 맞은편 중강진이 바로 코앞이었다. 이곳이 그가 전해 들어 알고 있던 헤어진 가족들의 최종 근거지였다. 건너의 집 위치는 예전과는 모습이 많이 달라졌음에도 중국 땅에서 바라봤을 때 손바닥 보듯 훤히 볼 수 있었다. 저 곳 어딘가에 형제들이 살고 있을 거라는 생각이 치밀었다. 하지만 그에게는 닿을 수 없는 가장 먼 거리였다. 그는 이미 몇 차례 중국을 무리 없이 오간 상태였음에도, 임강에서는 언덕을 올라갈 때 현기증으로 청심원을 씹으며 걸어야 했고, 나중에는 같이 동행한 지인들의 부축을 받아야 했다. 당도한 언덕 위에서 바라보는 푸른 압록강 건너 중강진의 모습에 세상이 흔들리고 가슴이 무너지는 기분이었다. 갑자기 눈물이 하염없이 쏟아져 나와 정신을 잃을 정도가 되었다. 동행한 이들도 어느새 안타까운 한마음으로 같이 눈물을 흘렸다. 민족의 슬픔을 절감하며 모두 울었다.

임강의 강둑에서

싸늘한 저녁 해가
무심히 서쪽 산등성이로 지는 황혼녘
가난으로 벌겋게 물들은
강 건너 산자락 마을
내 민족의 슬픔도
나는 멀리서 바라보는 나그네

폐허 같은 오두막집에 남루한 살림살이
저 싸리문 너머, 들창 너머
벌거벗은 민족의 수치가

- 이상규, '연변, 조선족 그리고 대한민국'

3

닿을 때까지

점순이와 이용호

중국에 가서 이북에 있는 가족들을 찾는다고 하면 어디선가 그들을 찾을 수 있다고 장담하며 많은 이들이 몰려들곤 하는데 대부분은 돈을 노리고 오는 엉터리들이다. 이산가족은 그러한 사람들을 수없이 만나 이야기를 나누고 사정하며 육체적·정신적으로 지쳐가지만 가족에 대한 깊은 그리움 때문에 알면서도 계속 속을 수밖에 없는 상황들에 처해지곤 한다.

*

그가 이북에 있는 가족들과 가장 가까이 있는 곳, 가령 임강으로 가려면 먼저 미국 올랜도에서 한 곳을 거쳐 김포까지 15시간, 또다시 김포에서 중국 심양이나 연변(연길)으로 2시간여를 이동한다. 이어서 기차로 10시간을 달려 통화에 당도하면, 다시 환승하여 임강까지 3시간 반을 더 가야하는 강행군이었다. 간혹 기차를 탈 시 명절이라도 겹치는 날에는 꼬박 서서 가거나 바닥에 앉아 가는 경우도 있었다. 당시 예순다섯의 나이에 고달픈 여정이었지만 이번에는 혹시나 하는 마음으로 항상 발걸음을 옮기는 것이었다. 이런 식으로 그는 여권이 너덜거릴 정도로 결국 총 서른 번 가까이 중국을 오갔다. 그 중의 한 번의 일화로, 예전에 어렵게 만났던 백발의 사촌누님이 도움을 요청하라던 그녀의 조카 점순이를 만나러 가는 길이었다. 그녀가 사는 백산은 위의 임강에서도 더 들어가야 했는데, 다른 차편은 없고 택시를 이용하여 험한 비포장 산길을 1시간가량 더 깊숙이 들어가야 했다. 하필 그날따라 비가 억수같이 와 한치 앞도 보이지 않는 상황이었다.

엎친 데 덮친 격으로 낡은 택시에 와이퍼마저 고장 나는 바람에 기사는 운전을 하는 동시에 수건으로 앞 유리를 닦아가며 위험천만하게 산길을 밟아댔다. 기사에게 천천히 가라고 소리를 쳤지만 기사는 듣는 둥 마는 둥 달려댔고, 생명의 위험을 느끼면서 그렇게 백산에 당도했다. 말 그대로 산 넘고 물 건너 겨우 조카 점순이와 해후를 했다. 이렇게까지 위험천만하고 급하게 달려왔던 이유는 당시에 점순이와 연락이 닿은 한 장교를 만나기 위해서였다. 장교는 이북에서 중국을 드나들던 조선족 변방부대장 이용호라는 인물이었다. 김종규는 어렵게 만난 이용호에게 앞뒤사정을 설명하고, 부모·형제들의 이름, 또한 아직까지도 또렷이 기억하고 있던 가족들의 생년월일을 적은 쪽지와 얼마간의 돈을 쥐어주고는 형제들의 생사여부와 함께 부모의 기일을 알아봐달라고 간곡히 부탁했다. 하지만 어쩐 일인지 그는 여러 가지 핑계를 대며 선뜻 응해주지 않았다. 그는 뻗대는 이용호에게 울고불고 매달리며 제발 부모의 기일이라도 알고 싶다며 오랜 시간 사정했는데, 결국 주머니에 남아있는 돈을 탈탈 털어 손에 쥐어주고 나서야 비로소 발 벗고 나서 보마는 허락을 받아내었다. 이후로도 이용호는 더 많은 돈을 요구하면서도 일 자체는 성실히 알아봐주는 듯싶었다. 하루는 '즐거운 소식이 있다'는 서한을 받고 다시 백산을 찾았다. 하지만 이날따라 이북에서 도강증이 발급되지 않아 이용호는 나오지 못했다. 다음 날 점순이를 시켜 육해공 음식을 풍부하게 준비시켜놓고 그를 맞이했다. 그는 당당하게 봉투를 내밀었는데, 그 안에는 드디어 아버지의 사진과 부모의 기일, 그리고 형제들의 생사여부와 주소가 적혀있었다. 그토록 기다렸던 부모의 기일, 그리고 삐뚤빼뚤하게 써진 주소에 감격하여 김종규는 연신 고마움을 표하며 이용호에게 감사의 사례를 더 하였다. 그리고는 그 뒤 몇 년간 그가 가져다 준 정보대로 부모의 기일에 맞춰 제사를 지냈다. 하지만 후에 확인된 바로는 이용호의 허위작성임이 밝혀졌고, 사진도 아버지의 것이 아니었다. 허탈감에 분노가 치밀었지만 이용호는 이미 연락이 끊어진 뒤였다.

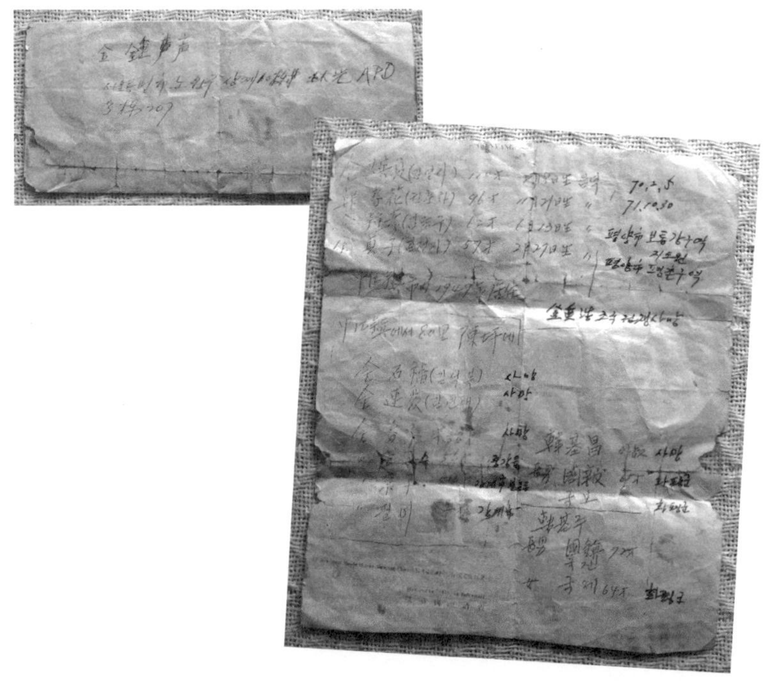

:: 이용호 부대장이 허위로 작성한 문서

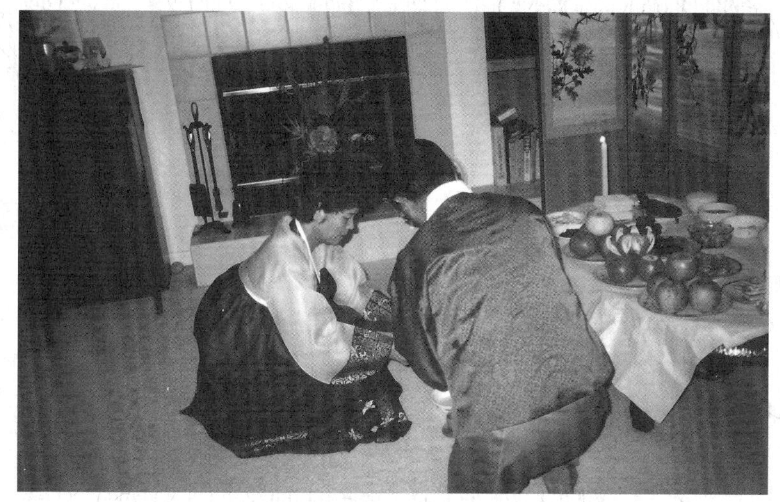

:: 가짜 제사

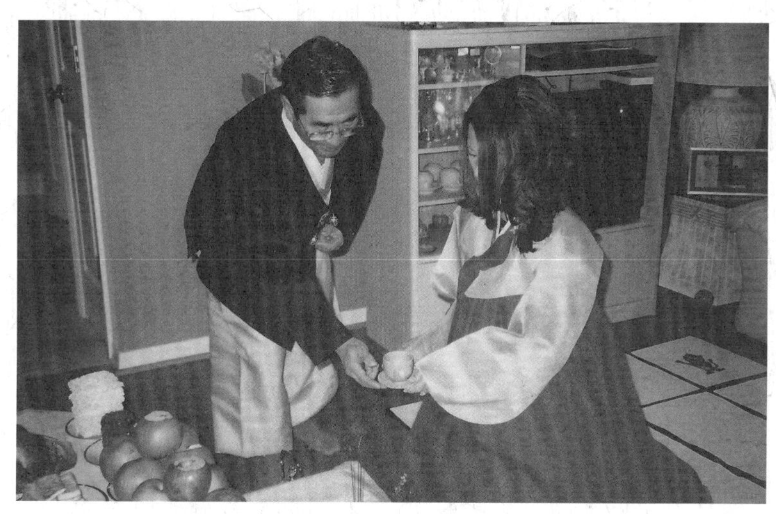

:: 진짜 제사

*

그는 심신이 지쳐 절망감을 느끼는 순간도 있었지만, 이에 포기하지 않고 계속해서 중국을 방문하며 가족에 닿으려 노력했다. 여러 곳을 다니며 이북을 직접 드나들고 있는 이들과 만나며 노력한 결과 몇 가지 수확이 있었다. 그는 여동생이 평양 어디쯤에 살고 있다는 것과 큰 누나의 딸인 외조카들, 얼굴은 모르지만 춘자·양자·경자·필녀가 임강 건너편 중강진에서 살고 있다는 것을 확인하였다. 하지만 정확한 주소를 알 길이 없어 서신을 보낼 수가 없는 상황이었다. 그러던 어느 날 심양의 어느 한 호텔에 묵게 되었는데 식사를 하다 이북 영사관에서 일한다는 한 남자를 만났다.

"이보오, 나도 태생은 중국이지만 조선사람이요. 당신들이 싫어하는 미 제국주의에 지금 살지만은 같은 민족이지 않소. 내 동생이 여기 평양에 산다고 하오. 제발 좀 찾아주시오!"
"아, 예 그렇습니까? 우리 저 평양 아리랑 대축전에 가시면 다 만나게 해줍니다래!"

간곡히 부탁했지만 그는 이런 식으로 회피했다. 김종규는 다음에도, 또 그 다음에도 영사를 볼 적마다 붙들고 늘어졌으나 나중에는 슬슬 피하는 지경에까지 이르렀다. 가족들에게 가는 길은 여전히 멀었다.

김영삼 전前대통령 퇴임

어느덧 1998년 2월 김영삼 전全대통령이 퇴임하였다. 그는 문민정부의 대통령으로 취임과 동시에 국민들의 압도적인 지지를 바탕으로 하나회 척결과 금융실명제를 밀어붙여서 성공시켰다. 집권 말기 IMF와 차남 김현철 사건 등 곤혹스러운 일도 겪었으나 첫 민주화 시대를 개막한 공은 크다고 해야 할 것이다. 퇴임 후 김종규는 실로 오랜만에 상도동에 문안인사를 드리러 갔다. 오랜만의 해후를 나누다가 근황으로 일전에 헤어졌던 이북의 가족을 직접 찾아 나선 경위까지 이야기가 오갔다. 김 전前대통령은 그에게 걱정스러운 낯빛으로 헤어진 가족을 찾고자 하는 애절한 마음은 알겠으나 무작정 중국을 통해서 찾는 것만큼은 만류하였다. 본인의 가까운 지인도 10년 넘게 중국을 통해 이북의 가족을 찾으려다가 결국 재산도 거덜 나고 마음의 짐만 커진 채 빈털터리 꼴이 되었고, 결국 외국에 있는 아들집에 얹혀 살게 되었다는 이야기를 전해왔다. 그를 진심으로 걱정하는 마음에서 해온 조언이었다. 하지만 그는 단호했다.

"전 찾아야 합니다. 평생의 숙원입니다. 한다면 끝끝내 해내는 거 알지 않습니까."

4

60년만의 해후

■ 서신

가족들에게 닿으려 부단히 애를 쓰며 그 때까지 한 번도 왕래치 않았던 친척들을 하나 둘 만나게 될 무렵이었다. 하루는 조카손녀 점순이의 권유로 심양에 살고 있는 그녀의 오빠 칠성이를 찾아갔다. 그는 일전에 심양과학연구소에서 일하다 현재는 정년퇴직을 한 상태였고, 부인은 사범학교를 졸업하고 학생들을 가르치고 있었는데, 형편은 다른 친척들에 비해선 그럭저럭 괜찮은 모양이었다. 한데 어떤 이유에서인지 그들은 당시 점순이나 다른 가족·친척들과의 왕래가 뜸한 상태였다. 그런데 뜻밖에 찾아온 친척아재 김종규를 만나고부터 다시 가족과 친척들을 만나게 되는 자연스런 계기가 마련되었다. 그로 인해 칠성이 부부는 그에 대한 신망이 두터웠고, 항시 감사해하며 그의 일을 적극적으로 도왔다. 그러던 어느 날 조카며느리가 예전 고등학교 동기동창이었다는 이북의 여가수를 하나 소개시켜주었다. 그녀는 조국에서 꽤나 힘 좀 쓰는 인물이며, 간헐적으로 중국을 오가며 활동하고 있다고 했다. 하지만 그와 조카며느리의 간곡한 사정에도 불구하고 다른 이들과 마찬가지로 결국 그녀 또한 당분간 조국에 들어갈 계획이 없으며, 아마 이런 식으로 가족들을 만나기는 힘들 것이라는 소식을 전했다. 또 실패였다. 친하게 지냈던 동창의 소극적이고 건성인 듯 보이는 태도에 조카며느리는 지쳐가는 아재를 보며 연신 죄송한 마음을 비쳤지만 할 수 없는 일이었다. 하루는 조카며느리가 지금까지 해왔던 방식과는 다른 아이디어를 제안해왔다.

"아재. 이런 식으루는 도저히 안 되겠소. 그렇게 하지 말고 편지를 하나 써보오. 가든 안가든 한 번 보내봅시다."

그리하여 김종규는 밑져야 본전이라는 생각으로 마침 호텔방에 있던 종이를 꺼내들고 짤막한 서한을 쓰기 시작했다. 받는 이는 중강진에 살고 있다는 외조카딸 양자였다.

둘째 양자에게

내가 이렇게 펜을 든 건 다름이 아니라, 내년 평양 아리랑 대축전에 참가하려고 하니 너희 세대주 이름하고 주소, 또한 너희 평양 이모(김종규의 여동생)의 주소와 성명을 적어서 보내다오.

외삼촌 김종규

정확한 주소를 몰랐기 때문에 '자강도 중강군'이라고만 기재했다. 그는 중국을 통해서 이북에 국제우편을 보낼 시, 사전 기관에서 편지를 검열한다는 것을 알고 있었다. 그래서 생각 끝에 예전 그가 도움을 청했던 한 영사의 말을 떠올려 '평양 아리랑 대축전'에 참석한다고 해두었던 것이다. 사실상 축전에 참석할 방법이 있었던 것은 아니었으나 그들의 심리를 이용해보자는 속셈이었다. 북한 검열관의 입장에서는 어떤 인사가 김일성 수령의 축전에 참가한다는 이야기가 굉장히 중하게 여겨질 것이라는 판단에서였다. 지푸라기라도 잡는 심정으로 해 본 일이었는데, 놀랍게도 이 작전은 성공했다. 그들은 편지를 훑어보고 중요한 서신이라고 판단한 모양이었고, 해당 우체부에게 지시해 정확한 주소를 찾아서 직접 집을 방문해 조카딸 양자에게 서신을 전달해주었다. 그리하여 이를 받은 조카딸은 얼굴도 모르는 남한의 외삼촌에게서 온 서신을 읽고는 크게 놀라 바로 답장을 쓰는 동시에, 곧바로 이 사실을 평양에 있는 이모, 김종규의 여동생에게 알렸다. 한편 그는 일단 편지를 보내놓고 실낱같은 희망을 품은 채 미국으로 다시 돌아온 참이었다. 그리고 며칠 뒤 외출을 위해 집을 나서려는데, 저편에서 우체부의 클랙슨 소리가 들려왔다. 마침 메일이 한 통 와있어 확인해보니 심양의 칠성이에게서 온 편지였다. 열어보니 같이 동봉된 편지에는 보낸 이가 이북의 양자로 되어있었다.

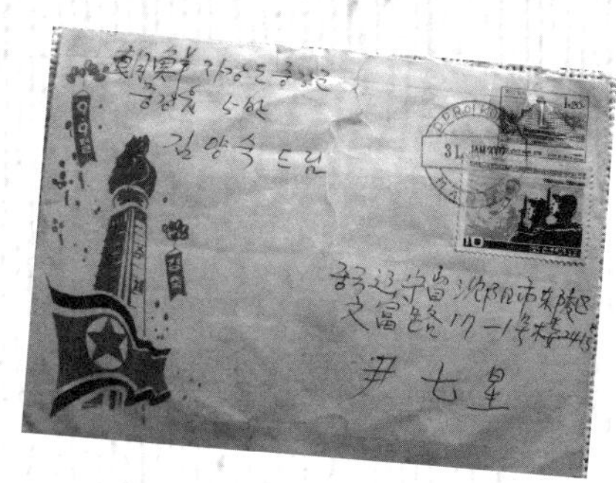

:: 조카딸 양숙이의 편지

존경하는 삼촌에게

삼촌님 안녕하십니까.

[illegible] 형제 친척 모두 건강하십니까.

기다리고 기다리던 삼촌의 소식을 접하고 보니 반갑기 그지없습니다.

우리들은 백두산 3대 장군님께서 찾아주시고 빛내여 주신 주체의 강성대국. 락원의 강산에서 무한한 행복을 누리고 있습니다.

삼촌께서. 민족최대의 경사인. 위대한 수령 김일성 동지의 탄생 90돐 기념행사에 참가하시겠다는 뜻깊은 소식에 감동을 금치 못하고 있습니다. 꼭 오십시요. 기다리겠습니다.

그럼 삼촌께서, 부탁한 형제 친척들의 이름과 주소를 적겠습니다

- 종수 - 1958년 가을 신병으로 사망. (자식 없음)
- 정자 -(현재. 종무) - 평양시 중구역. 보통문동 62반 6층 4호.
  (세대주 사망. 딸 4형제. 모두 평양시에 거주.)
- 경자. - 자강도. 강계시 만수동 1반 (세대주. 김흥섭.)
- 길녀 -(명희) 〃 - 〃 강서동 11 반. (세대주. - 사망)
- 양자 (양숙) - 자강도 중강군 중강읍. 5반 (세대주 - 김가진)
- 이모 - 생각나지 않습니다.

이곳 중강에는 우리 두 내외와 아들 딸 5남매가 있을 뿐입니다.

우리들은 위대한 장군님의 크나큰 배려에 보답하고저. 위대한 장군님의 부흥강국 건설구상과 조국통일 청원수행을 위해 충성의 구슬땀을 흘려나가고 있습니다.

려권을 신청해서 나오면 삼촌님과 형제 친척들이 보고 싶어 한번 찾아 가겠습니다.

이만 간단히 전하면서 보고 싶은 삼촌님과 형제 친척들의 몸 건강 하시기를 바랍니다.

곡 오시기를 바라면서 그럼 놓습니다.

조카 양숙 드립니다.

존경하는 삼촌에게

삼촌님 안녕하십니까.

삼촌을 비롯하여 형제, 친척 모두 건강하십니까. 기다리고 기다리던 삼촌의 소식을 접하고 보니 반갑기 그지없습니다. 우리들은 백두산 3대 장군님께서 찾아주시고 빛내어주신 주체의 강성대국, 락원의 강산에서 무한한 행복을 누리고 있습니다. 삼촌께서 민족 최대의 경사인 위대한 수령 김일성 동지의 탄생 90돐 기념행사에 참가하시겠다는 뜻 깊은 소식에 감동을 금치 못하고 있습니다. 꼭 오십시오. 기다리겠습니다.

그럼 삼촌께서 부탁한 형제, 친척들의 이름과 주소를 적겠습니다.

- 종수: 1958년 가을 신병으로 사망 (자식 없음)
- 정자(현재 종무): 평양시 중구역 보통문동 42반 6층 4호 (세대주 사망. 딸 4형제. 모두 평양시에 거주.)
- 경자: 자강도. 강계시 만수동1반 (세대주 김춘섭)
- 필녀(현재 영희): 자강도 강계시 강서동11반 (세대주 사망)

– 양자(현재 양숙): 자강도 중강군 중강읍 5반 (세대주 김가진)

– 이모: 생각나지 않습니다.

이곳 중강에는 우리 두 내외와 아들 딸 5남매가 있을 뿐입니다. 우리들은 위대한 장군님의 크나큰 배려에 보답하고저 위대한 장군님의 부흥강국건설구상과 조국통일성업수행을 위해 충성의 구슬땀을 흘려나가고 있습니다. 려권을 신청해서 나오면 삼촌님과 형제, 친척들이 보고 싶어 한번 찾아가겠습니다.

이만 간단히 전하면서 보고 싶은 삼촌님과 형제, 친척들의 몸 건강하시기를 바랍니다. 꼭 오시기를 바라면서 펜을 놓습니다.

조카 양숙 드립니다.

처음엔 믿기 힘들었지만 서신의 내용을 찬찬히 훑어보니 그제야 조금 실감이 갔다. 이 서신으로 인해 그는 여태껏 그토록 알고 싶었던 가족들에 대한 수많은 일들을 확인할 수 있었다. 그의 큰 누님과 큰 외조카 춘자, 그리고 바로 밑 여동생 김종수는 안타깝게도 이미 세상을 떠났고, 다행히 막내 여동생은 자식·손자들과 함께 현재 평양에 살고 있다고 전해왔다. 본시 동생의 이름은 김정자였는데, 이북에서 이름을 바꿔 현재는 김종무라는 이름을 쓰고 있었다. 이북에서는 이름에 '자'자 돌림이 불가했기 때문에, 외조카 또한 '양숙'이라는 이름을 쓰고 있었다.

*

양숙이는 편지를 받자마자 중강진에서 평양의 이모에게 재빨리 이 사실을 알렸고, 그토록 찾아 헤맸던 평양의 여동생은 서신을 받아들고 믿기지 않는 사실에 가슴이 벅차올라 곧 오빠에게 답장을 썼다. 평양에서 중국 심양, 심양에서 미국까지 서신이 도달하는 데는 꼬박 한 달이라는 시간이 걸렸다. 드디어 2001년 12월에 보냈던 서신에 대한 여동생의 응답은 이북의 양숙이와 심양의 칠성이를 거쳐 약 한 달이 지난 2002년 1월에 미국에 도착하였다.

평양시 중구역
보통문동42반
6층4호
김종무보냄

尹七星 收
中國沈陽市東陵区
文富路17-1号楼
241号

오빠에게 이글을 드립니다

안녕하십니까?

너무도 뜻밖에 꿈이아닌 이현실앞에서
못생기고 눈이커서 왕사발, 오군사게라고
부르던 막냉이 종무(정자)가 머리숙여
인사를 드립니다.

편지를 들었으나 무슨 말부터써야 할지 눈물이,
앞을 가리워 보이지 않습니다
1.31일 양숙(양자)의 편지에서 오빠의 소식을
알은 순간 한견 혈육의 손길이라도 그립고
그리던 나에게 있어서는 눈물에 앞서 이게
정말 우리집 경사가 옳은지, 의심부터 갑니다.
56년간 오빠가 살아 있으면서도 왜, 나를 찾지
않았는지 ---
종선 언니의 귀병을 또, 오빠의 코병을 고치려
한께 갔는데 제대로 갔는지 귀는 좀 나았는지
라고 외우시던 어머니의 그 말씀이 아직도
귀에 들리는것 같습니다.

그때로부터 어디에 갔다 이제야 오는가요
정말 그립습니다
정말 보고싶습니다.

1963년에 데리사위를 맞아 아버지 어머니를
제가 모시였는데 아버지는 1965.10.13. 78세
어머니는 1969.1.20. 69세 (노환)로 사망하였습니다

:: 동생 종무의 편지

오빠에게 이 글을 드립니다.

안녕하십니까?

너무도 뜻밖에 꿈이 아닌 이 현실 앞에서 못생기고 눈이 커서 왕사발, 오줌싸개하고 부르던 막냉이 종무(정자)가 머리 숙여 인사를 드립니다. 펜을 들었으나, 무슨 말부터 써야 할지 눈물이 앞을 가리워 보이지 않습니다. 1월31일 양숙(양자)의 편지에서 오빠의 소식을 받는 순간 한 점 혈육의 손길이라도 그립고 그립던 나에게 있어서는 눈물이 앞서 이게 정말 우리 집 경사가 옳은지 의심부터 갑니다. 56년간 오빠가 살아있으면서도 왜 나를 찾지 않았는지…. 종선언니의 귓병을, 또 오빠의 콧병을 고치려 함께 갔는데 제대로 갔는지 귀는 좀 나았는지 라고 외우시던 어머니의 그 말씀이 아직도 귀에 들리는 것 같습니다.

그때로부터 어디에 갔다 이제야 오는가요.

정말 그립습니다.

정말 보고 싶습니다.

1963년에 데릴사위를 맞아 아버지 어머니를 제가 모시었는데 아버지는 1965.10.13. 78세, 어머니는 1969.1.20. 69세(음력)로 사망하였습니다. 그 후 1972년 남편을 따라 평양에 올라와서 딸 넷을 데리고 살던 중, 1976.4월 남편이 사망하였습니다. 연역한 녀성의 몸으로써 어린자식 넷을 데리고 사는 저에게 은혜로운 우리 당에서는 먹을 걱정, 입을 걱정, 자식공부 시킬 걱정, 병 고칠 걱정을 모르고 오히려 보조금까지 받으면서 아이들 모두 공부시켜주었으며 훌륭한 집도 배려해주었습니다. 좋은 집을 쓰고 행복하게 살면서 이제는 다 시집보내고, 지금은 둘째 딸, 사위, 손자, 손녀와 함께 지내고 있습니다.

맏사위는 미술대학
둘째사위는 콤푸터대학
셋째사위는 기계대학
넷째사위는 외국어대학을 졸업하고 자기 부문에서 일을 잘하고 있습니다. 1997년 년로보장으로 직장에서 들어와 공로자 대우까지 받으면서 생활하고 있습니다. 원래 어릴 때부터 든든치 못하여 살 것 같지 못하다고 하던 이 몸이 고마운 우리나라 무상치료제의 혜택으로 지금까지도 치료받으며 살고 있습니다.

오빠의 온가족의 소식을 알고 싶습니다. 조카들은 몇이나 되는지?

나도 이제는 6명의 할머니가 되었습니다. 어머니한테서 들은 기억을 더듬으니 만봉(정숙), 만수, 수길, 정호, 종선이라는 이름들이 생각납니다. 종선언니는 살아계시는지요? 무척 그립습니다. 고모들의 소식도 알고 싶습니다. 이제는 년령이 높아 다 사망되었겠지요. 조카들은 어떻게 생겼는지 정말 보고 싶습니다. 윤칠성 조카로 비롯하여 조카들이 모두 고모의 얼굴을 보게 평양에 꼭 오세요. 나는 요즘 그립던 오빠의 소식을 받고 오빠와 만날 희망으로 놀뛰는 가슴을 억제할 수가 없습니다.

오빠! 만날 때까지 건강에 특별이 주의하여 4월의 대축전장으로 꼭 오세요. 동생은 손꼽아 기다리겠습니다. 안녕히 계십시오.

정월 초하루 동생으로부터

✐ 추신 - 민족최대의 경사스러운 4월의 명절을 맞으며 진행되는 10만명이 출연하는 대 집단체조와 대 예술공연 관람소식은 전 세계에 알려져 지금부터 많은 나라들이 신청해

오고 있습니다. 꼭 와서 함께 관람합시다. 세계 최고봉의 예술, 그야말로 상상을 초월한 황홀한 예술공연을 못 보면 일생을 후회하게 됩니다. 꼭 오세요. 공연은 6월말까지 하게 됩니다. 꼭 오세요. 세계 각국에서 다 옵니다.

이로써 5년이 넘는 시간동안 주위의 만류에도 불구하고 중국에 수십 번을 오가며 애가 타게 찾아 헤맨 노력의 결실이 맺어지게 되었다. 여동생이 쓴 눈물로 얼룩진 편지에는 본인들의 생활과 그리고 자식·손자들과 찍은 가족사진, 또한 부모 기일의 내용까지 꼼꼼하게 적혀있었다. 곧 그는 다음 절차를 밟아나갔다. 곧 만날 수 있을지도 모르는 여동생을 위해 이북에 중국방문 초청장을 보내고, 그 또한 서둘러 중국행을 준비하기 시작했다.

:: 편지에 동봉된 이북의 여동생 종무와 그녀의 손자 손녀들

칠성이의 전화

초청장을 보낸 지 4개월이 다 되어가고 있었지만 기별이 없었다. 첫 편지가 오고 간 후에는 몇 차례 더 서신으로 서로의 안부를 확인했지만, 초청장에 대한 회신만은 깜깜무소식이었다. 그 와중에도 김종규는 마냥 넋 놓고 기다릴 수만은 없어 중국으로 다시 넘어가 지금까지 노력해왔던 것과 마찬가지로 지인들의 소개를 받아 이북 관련 사람들을 만나며 초청장 관련 도움을 요청하며 다녔다. 하루는 북한에서 활동하는 여작가를 만나게 되었다. 그녀 또한 중국에 거주하는 가족들의 초청장으로 오갔기 때문에 그녀를 찾아가 상황을 알아보고 싶은 마음이었다.

"넉 달 정도로는 안됩네다. 나오려면 한 오 개월은 넘게 걸립네다."

오래 걸린다는 것쯤은 알고 있었지만, 어떻게 찾은 여동생인데 만남을 코앞에 두고 혹여나 방문이 성사되지 않을까 노심초사한 마음이었다. 또한 초청장은 6개월이 지나면 무효가 되어버렸다. 하지만 당장에 달리 손 쓸 수 있는 방도가 없었고, 이제는 믿음을 갖고 기다리는 수밖에 없었다. 정확한 기일은 알 수 없어도 동생이 나오기 전 뭐라도 준비해야겠다는 마음에 혹시 이북에서 가장 필요한 게 무엇이냐고 작가에게 물어보았다. 필요한 물품이 있다면 미리미리 챙겨두고 싶은 마음이었다. 하지만 작가는 정색을 하며 말을 이었다.

"얘 우리 조국에 가면 없는 게 없십네다! 다 있습네다!"

본인의 조국을 깎아내린다고 생각했던 모양인지 정색을 하고 일어나버렸다.

*

중국에서 꽤 오랜 시간을 기다리다가 전혀 일의 진척이 없어 다시 미국으로 들어가 차분히 기다려보기로 결정했다. 금요일 심양에서 출발하여 서울을 거친 뒤, 토요일 플로리다 집에 도착했다. 그런데 다음날 불운하게도 교회로 이동하기 위해 차를 몰고 나서

다가 신호등을 무시하고 오는 반대편 차량과 충돌해 차체가 완전히 파손되는 큰 사고가 일어났다. 그는 다행히 생명에는 지장이 없었지만 차는 폐기해야 될 정도였고, 목과 허리를 다쳐 깁스를 해야 했다. 그렇게 며칠을 요양하고 있던 어느 날 오전 무렵, 심양의 칠성이에게서 전화가 한 통 걸려왔다. 매우 격앙된 목소리였다.

"아재! 평양고모가 들어왔답니다!"

가슴이 쿵쾅거렸다. 하지만 사연인 즉, 여동생은 기차로 신의주에서 심양으로 오는 도중 낯선 초행길에 그만 중국 단동에서 내려버렸다는 것이었다. 단동은 심양에서 차량으로 3시간 반 정도의 거리였다. 칠성이는 평양고모의 얼굴도 모르거니와 이 일을 어떻게 하냐고 허둥지둥 댔다. 일단은 고모에게 이동하지 말고 그 자리에서 가만히 계시라 이르곤 직접 가겠다고 지시해두었다고 했다. 김종규는 빨리 조심히 모시고 오라고 부탁하곤 전화를 끊었다. 아침에 그렇게 전화를 받으며, 그는 갑자기 여러 가지 생각에 젖어들었다. 찾아 헤맨 5년간의 기억들이 주마등처럼 스쳐지나갔다.

'오빠가 널 만나러 미친 듯이 찾아 헤맸어.'

지금껏 압록강변에서 흘린 눈물. 바로 중강진을 코앞에 두고도 가지 못하는 서러움. 또 어린 시절의 기억들이 떠올랐다. 그 당시를 떠올리자 다시 목이 메여왔고, 이제는 만날 수 있다는 확신에 감정이 벅차올랐다.

60년만의 해후

전화를 끊고 바로 알아보니 일요일이라 표가 없어 다음날로 예매를 해두고 출국 준비를 하였다. 이진자 여사와 암으로 투병중인 누님도 여동생과 상봉하기 위해 함께 동행을 하기로 하였다. 그는 미국에 도착한지 며칠 만에 여독도 풀리지 않은 채 다시 중국으로 향하는 비행기에 올랐다. 교통사고로 목에 깁스를 한 위험하고 불편한 상황임에도 여행을 강행하기로 결정하였다. 얼마간의 시간이 흐른 뒤 칠성이가 드디어 동생을 만나곤 전화를 해왔다. 실로 너무나 오랜만에 듣는 여동생의 목소리였다. 김종규는 수화기를 들고 떨리는 목소리로 보고 싶은 마음을 전했다.

여동생은 한결 여유 있게 대답했다.

"오빠. 놀면서 오라우! 놀면놀면 오라우!"

60년 만에 듣는 동생의 목소리였다. 어서 빨리 재회하고픈 마음뿐이었으나 초청장은 체류 3개월로 되어있어서 이제 당장 급할 것은 없었다. 간혹 이북 사람이 중국에 지인이 있는 경우 초청장을 통해 들어오면 중국의 식당이나 가게 같은데서 거주하고 일을 하며 돈을 버는 경우가 심심치 않게 있었다. 중국의 식당에서 일을 하는 것이 이북에서보다 훨씬 많은 수익이 있었기 때문에 이를 이용하는 경우가 많았다. 그런고로 이제 동생에게는 돌아갈 때까지 시간적 여유가 있었다. 출국하기 바로 전, 김종규는 동생의 목소리를 다시 듣고픈 마음에 칠성이에게 다시 전화를 걸었다. 여독으로 피곤한 모양인지 자고 있었던 동생이 받았다. 아까 '놀면놀면' 오라던 동생이 확 달라져있었다.

"오빠!! 빨리 와!!"

소리를 빽 지르며 떼를 쓰는 것이었다. 그가 어릴 적 친구들과 놀러가기 위해 대문을 나설 때의 동생 그 모습 그대로였다. 가슴이 저렸다.

"응. 알았어. 오빠가 빨리 갈게."

"어디야! 오빠! 빨리 와!"

최근 몇 년간의 시간을 떠올려보면 실로 이렇게 만나기까지 여러 번의 방문 동안 도움을 준 이들에게 챙겨주던 사례금, 또한 여타 경비로 인해 평생에 걸쳐 마련한 집을 팔고 작은 집으로 옮겨야 했다. 곁에서 이를 지켜봐야했던 이진자 여사는 불만을 가질 법도 했는데, 가족을 애타게 찾는 남편을 곁에서 묵묵히 지켜봐주었고, 이에 대해 일언반구 없이 따라주었다. 그중 그를 가장 힘들게 했던 것은 단지 찾기 힘든 가족·형제들의 먼 거리 때문이 아니었다. 오히려 주위에서 얘기하는 매정한 목소리들이 가장 견디기 힘들었다.

'이미 반세기가 넘게 떨어진 가족을 지금에 와서 찾아서 무얼 하느냐'

'그러다 돈 잃고 마음 잃는다.'

그들로써는 마음에서 우러나온 조언이라지만 그에게는 바닥난 에너지와 빈약한 희망에 날카로운 생채기를 내는 말들이었다. 하지만 결국 이렇게 힘겹게 찾아내 이제 목소리를 듣고 곧 만날 생각을 하니 가슴이 벅차올랐고 그 동안의 고생과 생채기는 씻은 듯이 사라졌다.

*

심양 공항에는 칠성이가 나와 있었고, 떨리는 마음을 안고 집으로 향했다. 그렇게 남매는 60년 만에 극적으로 상봉했다. 서신에 동봉된 사진을 통해 서로의 얼굴은 알고 있었다. 하지만 반세기의 시간은 길었고, 그동안 변한 세월의 흔적과 아직도 오롯이 기억에 남아있는 당시의 얼굴을 서로 보듬었다. 그렇게 서로를 부둥켜안고 얼굴을 쓰다듬으며 내내 웃고 울었다. 남매는 역사의 상흔을 품은 채 서로를 껴안고 바라보며 기뻐서 웃고 또 서러워 울었다.

■ 한 달간의 기록

"오빠 맞는지 한 번 보자."

북받치는 감정을 추스르고 동생 종무는 오빠의 이마를 들여다보았다. 초등학교 어린 시절 만주의 초봄, 아침저녁으로 물이 얼고 녹을 때의 일이다. 양철지붕 위에는 항상 위험천만하게 밤새 얼었던 얼음들이 쌓여있었다. 여느 때처럼 김종규는 대문 바깥에 있는 뒷간에 가기 위해 방문을 열었다. 그때 하필 지붕 위의 얼음들이 아침 해를 받으며 녹아내려 확 쏟아지는 바람에 그가 깔려버렸다. 머리에서 피가 철철 나기 시작했는데, 다급했던 어머니는 부엌으로 달려가 된장을 한 주먹 가져다가 그의 상처부위를 막았다. 요행히도 지혈은 되었지만, 이후로 이마 부근에 상처가 남게 되었다. 하도 오래전이라 잊어버리고 있던 기억이었는데 동생은 아직도 그때를 정확하게 회상하며 상처 부위를 주름진 손으로 매만졌다.

"진짜 우리 오빠 맞네."

다음은 누님 차례였다. 누이는 어렸을 때 병치레를 하며 어머니가 발톱에 뜸을 떠주셨다고 한다. 그 당시의 자국을 보자는 것이었다. 양말을 벗기고 이내 자국을 확인하니 웃으며 또 한 마디 거들었다.

"진짜 우리 언니 맞네."

이제는 서로 농담도 주고받고 그간의 못 다한 이야기들을 도란도란 나누었다. 이진자 여사는 시누이가 중국에 들어왔다는 소식을 듣고 급한 대로 마련해서 가져온 선물을 꺼냈다. 어떤 것이 좋을지 궁리하다가 세련된 수트를 가장 작은 사이즈로 장만해가지고 왔다. 하지만 동생은 현대식 수트가 어색한 모양이었던지 기어이 입어보지 않았다. 동생은 살집이 하나 없는 매우 야윈 모습으로 오빠를 만나기 위해 잘 차려입고 왔다는 한복은 매우 낡았고, 비닐로 덧씌워진 신발은 부실해보였다. 나름 북한에서 중산층이라는 동생의 차림새는 열악하기 그지없었다. 김종규는 먼저 가족 내외를 모두 데리고 백화점으로 향했다. 질긴 가죽으로 된 튼튼한 구두를 발에 신기고서야 마음이 놓였다. 그리고 후에 이북으로 가져갈 처남과 자식들 것까지 모두 장만했다. 이때부터 틈틈이 다니며 나중에 이북에 챙겨갈 물품들을 하나 둘 구입했다. 하루는 동생이 먼저 물어왔다.

"오빠오빠. 타이레놀이라고 알아? 그게 그렇게 좋다며?"

여동생 막내딸의 시아버지는 공무원 국장급으로 대외부 부장이었는데, 외국을 나갔다 들어오며 한번은 타이레놀 얘기를 하며 효과를 톡톡히 봤다고 했다는 것이었다. 이북은 변변한 약도 제대로 구비되어 있지 않아 경미한 통증 따위가 있을 때도 그걸 오롯이 견뎌야 하는 모양이었다. 그는 뭐 하나 빠질 새라 말이 나오는 즉시 물품들을 준비했다. 그리고 바싹 야윈 동생의 모습을 보며 중국에 있는 동안 며칠이 되었건 밥을 좀 먹여 살을 찌우고 보내야겠다는 다짐을 여러 번 하였다. 그는 가족들을 데리고 심양의 북능, 북경 자금성, 만리장성을 구경 다니며 즐거운 한때를 보내고, 식사를 매번 푸짐하게 차려 야윈 동생을 먹였다. 그러던 어느 날 북경에 도착하여 숙소로 향했을 때이다. 투숙을 위해서 모두 여권을 꺼내놓는데 유독 동생이 불편해보였다. 의아하여 김종규가 따로 받아 확인해보니 여권이라고 할 만한 것이 못되었다. 다 떨어진 종이에 내용은 연필로 끄적대어 있고, 빛바랜 사진도 셀로판지에 겨우 덧대어져 있는 꼴이었다. 동생은 이것이 부끄러워 도저히 내놓기가 꺼려졌던 까닭이었다. 갈수록 동생의 면면을 보며 북한의 열악한 상황들을 여실히 느낄 수 있었다. 다음 날은 자금성을 들러 만리장성으로 향했다. 초입에서 사람들이 그녀를 힐끔힐끔 쳐다보는 것이 느껴졌다. 보아하니 그녀가 옷에 달고 있는 수령의 얼굴이 들어간 배지 때문이었다. 동생은 이 사실을 아는지 모르는지 한 마디 더 거들었다.

"오빠오빠, 장군님을 내 심장에 이렇게 모시고 가야돼."

"남들은 두 개 달았던데 한 놈 건 어디 갔냐?"

김종규는 주위의 시선이 의식되었지만 농으로 받았다. 중국에도 예전에는 모택동 배지를 달았다고 하지만, 지금은 그런 형식이 모두 사라지고 없었는데 북한은 아직까지 관습이 남아 달아야 했던 모양이다. 현지 사람들에게는 그게 이상하게 비쳤던 것이다. 또한 이북에서 동생이 살고 있는 평양은 그나마 다른 지역사람들에 비해 혜택을 받는다고 들었지만 그럼에도 어렵기는 매한가지로 보였다.

:: 자금성 앞에서 이진자 여사, 동생 종무, 김종규

:: 김종규와 동생 종무

*

얼마간의 시간동안 가족들은 좋은 곳을 구경하고, 못 다한 이야기들을 다정하게 나누며 지나간 회포들을 풀었다. 모처럼 여유 있는 시간들이었다. 그렇게 애틋한 열흘이 지나가고 누님과 이진자 여사는 출국해야할 때가 되었다. 이진자 여사는 가기 전 언제 다시 만날 수 있을지 모를 시누이를 위해 본인이 애지중지 아끼던 금 목걸이를 손수 목에 걸어주었다. 다시 만나기를 기약하고 그들은 각자의 자리로 돌아갔다. 김종규는 남아 동생과 함께 시간을 더 보내기로 했다. 그는 몇 년간을 동생을 찾아 헤매며 중국을 수차례 오갔기 때문에 곳곳에 그에게 도움을 주었던 지인들이 많았다. 그들은 가족을 찾을 수 있다는 그의 확신에 반신반의하면서도 그 애절한 마음에 누구보다도 안타까워했고 사방팔방으로 도움을 주었던 터였다. 드디어 동생을 만났다는 소식에 당사자만큼 놀라워하고 기뻐하며 집으로 초청해 축하파티를 열어주었다. 심지어 한 가게에서는 현수막을 걸어 남매를 맞이하기도 하였다. 이렇게 꿈같은 시간을 보내는 와중 그에게 한 가지 걱정거리가 생겼다. 동생은 오빠와 중국에서 시간을 보내면 보낼수록 고국과 비교되는 발전된 생활수준과 문화에 감탄해 마지않았다. 지인들의 집에 초대되어 드나들며 그 흔한 전기밥솥이나 에어컨 등에도 놀라워하는 반응을 보였다. 한 번은 한 대형백화점에 들렀다.

"오빠오빠. 저건 왜 이렇게 눅어('싸다'의 북한말)? 저렇게 좋은 데 위에 있는 거랑 아래거랑 왜 이렇게 눅어?"

이런 질문에 대답해가며 큰 뜻 없이 대한민국의 생활상과 여러 가지 것들을 설명해주곤 했는데, 어쩐지 그러한 것에 적잖이 충격을 받고 크게 영향을 받는 듯이 보였다. 하루는 숙소에서 휴식을 취하고 있는데 동생이 말을 걸어왔다.

"오빠오빠, 자?"

"아니."

"오늘 갔다 온 집 있지? 우리나라는 여기보다 한 백 년은 떨어졌어."

자신이 평생을 살았던 곳에서 나온 지 20일도 채 되지 않았는데 다른 문화를 접하며 혼란스러워 하는 것이 보였다. 물론 그의 마음 같아서 동생 하나만 생각한다면 한국이든 미국이든 데리고 가서 풍족하게 살게 하고 싶으련만, 이북에 있는 동생의 가족들을 생각하면 역시 그럴 수는 없는 노릇이었다. 물론 이런 생각은 동생도 마찬가지였을 것이다. 그는 점점 더 동생이 열악한 이북의 상황과는 다른, 더 나은 문화를 계속 접하고 또한 이를 계속 상세하게 설명해주는 것이 동생에게 오히려 좋지 않을 수도 있다는 생각마저 들었다. 대체 오랄 수도, 가랄 수도 없는 막막한 심정이 되었다. 결국 동생은 평생을 살았던 이북의 체제로 다시 돌아가야 했다. 계속 붙들고 있는 것이 그녀에게 좋지 않다고 느꼈고 아마 그것은 혼란만 더 가중시킬 뿐이었다.

"너 큰일 나겠다. 빨리 가라."

"……"

"넌 너대로 조국에 충성을 다하고 살아. 난 너희가 말하는 미제국주의로 가야돼. 서로 간에 자식, 손자들이 있으니까 어쩔 수 없지 않냐."

안타까웠지만 남매는 서로의 처지를 잘 알고 있었고, 이제는 헤어져야 할 시간이었다. 그리고 이어서 아버지에 대한 이야기를 나누었다.

"하지만 너하고 나하고는 피를 나눈 형제야…. 니가 아버지 어머니를 정말 잘 모셨다. 내가 너한테 할 말이 없다. 남편도 데릴사위로 역할을 잘해주었고, 부모님 아주 잘 모셔주어 고맙다."

동생 내외는 아버지가 돌아가신 뒤 화장을 해서 유골을 벽장에 고이 모셔놓았다. 그리고 생전의 부모님 사진도 챙겨왔다. 아버지는 돌아가시기 전 유언으로, '나 죽거든 평화가 되면 제천의 양지바른 곳에 묻어 달라'했다고 한다. 당장 유언을 들어드릴 방도는 없으나 이제 기일을 알았으니 매년 제사를 지내기로 하고, 훗날 통일이 되면 유골을 제천에 가져가 모시기로 여동생과 이야기했다. 이제 보내줘야 할 시간이 되었다. 그들은 재회하고 한 달 동안을 세월을 거슬러 단란하고 꿈같은 시간들을 함께 보냈다. 헤어질 때 아쉬운 마음이야 두 말할 여지가 있을까. 또 다시 찢어지는 마음으로 다음을 기약하며 서로 각자의 조국으로, 가족들의 품으로 돌아갔다.

*

그로부터 2년 뒤인 2003년, 점순이를 통해 여동생을 만나는 데

있어 중간에서 역할을 잘 해주었던 중강진의 외사촌 양숙이를 심양으로 초청했다. 양숙이는 이북의 품질 좋은 잣 여섯 자루를 들고 나와서 다섯 자루는 생활에 보태기 위해 팔고, 남은 한 자루는 외삼촌을 주겠다며 심양으로 가지고 왔다. 그 마음이 기특하고 고마웠다. 성의는 고마웠지만 미국으로 운반할 방법이 없어 지금껏 중국을 오가며 도움을 주었던 여러 지인들과 나누었다. 양숙이와도 좋은 시간을 보내고 어려운 생활에 조금의 보탬이라도 되고자 얼마간의 돈을 마련해주었다. 그리고 한국에 돌아온 뒤 김영삼 전前대통령을 다시 만나러 상도동을 찾았다. 안부를 드리고 지금까지의 여정을 전했다. 여동생의 첫 편지도 보여드리고, 결국 만난 날부터 지금까지의 일들을 이야기해주었다. 김 전前대통령은 놀라움을 금치 못하고 축하의 말을 전했다. 또 편지를 읽어보더니 농담을 던졌다.

"어떻게 하면 국민들이 이렇게 말이지. 백두산 3대를 빛내주신 강산 어쩌고 말이야. 어떻게 하면 국민들이 이렇게 지도자를 우러러볼까."

한바탕 같이 웃었다. 그리고 한마디 더 거들었다.

"김동지 참 존경하고 싶다. 결국은 찾아내는구나. 그래도 김동지, 항시 건강은 챙기라. 건강은 내 스스로 찾아야 된다. 머리는 빌릴 수 있지만, 건강은 빌릴 수가 없다."

항상 지론으로 삼던 건강에 대한 당부 또한 잊지 않았다. 또 하루의 해가 저물어가고 있었다.

5

그 후

2007년, 동생과 두 번째 만남을 가졌다. 2002년에 만난 이후로는 서신을 왕래하며 서로의 안부를 자주 물었다. 다시 각자의 공간과 시간으로 돌아가 다른 문화권, 다른 모양의 사회에서 서로의 곁에 있는 가족들과의 생활에 다시 적응해 나갔지만, 생사도 알 수 없는 상태에서 서로를 그리워할 때와는 다르게 이제는 하나로 연결된 끈이 있었다. 두 번째 재회했을 때는 한결 더 편안한 마음으로 시간을 보냈다. 이제는 둘 다 일흔을 넘긴 나이로 언제 보게 될지는 알 수 없지만 포근한 마음으로 다음을 기약하고 헤어졌다. 모든 일정을 마치고 미국으로 돌아오는 길에 집에서 기다리고 있을 이진자 여사를 위해 김종규는 순금 목걸이를 샀다. 예전 시누이와 헤어지며 야윈 목에 본인의 목걸이를 걸어주던 모습이 떠올랐다. 지금껏 평생을 묵묵히 기다리고 마음속으로 응원해 준 부인이 참으로 고마웠다. 그가 이루었던 재야의 민주화 운동도, 헤어진 가족을 찾는 지난한 과정도 묵묵히 참고 기다려준 이진자 여사가 없었다면 불가능한 일이었다. 그는 부인과 이제는 장성한 세 딸, 그리고 병아리 같은 손녀들이 있는 올랜도행 비행기 편에 노곤한 몸을 맡겼다.

그리고 그 후

2015년 김영삼 전前대통령이 88세의 나이로 서거하였다. 장례식은 국가장으로 서울대병원에서 11월22일부터 26일까지 5일장으로 치러졌다. 김종규는 소식을 듣고 최대한 신속하게 준비했는데 도착하니 25일 5시경이었다. 처남의 도움을 받아 급하게 장례식장으로 이동하였다. 차가 막혀 8시가 넘어서 도착하니 빈소에는 이미 많은 조문객들이 빠져나가고 조용한 분위기였다. 여러 가지 만감이 교차하는 가운데 조의를 표했다. 다음날의 발인과 장지를 위해 일찍 자리에서 일어났다.

다음날 일찍 다시 빈소를 찾았다. 들어섰더니 전날과 달리 붐볐고, 많은 취재진 중의 하나가 다가와서 물었다.

"김영삼 전前대통령과 어떻게 되십니까?"

"...... 난 옥중동지요."

그리고 딱 한 마디 더 거들었다.

"그리고 김영삼 전前대통령 당선되는데 쬐금 일조를 했소."

발인 때는 많은 조문객들과 가족, 김영삼 전前대통령의 후배 의원들이 줄지어 따라나섰다. 국회로 이동해 한 바퀴 돌고, 상도동을 들렀다가 현충원으로 이동하였다. 매우 추운 날씨에 국장은 저녁 늦게까지 치러졌다. 한 시대를 살다간 거산巨山의 마지막 모습에 사람들의 행렬은 끊이지 않았다. 김종규는 김 전前대통령의 마지막을 끝까지 배웅했다. 그리고 작년 2016년, 김영삼 전前대통령 서거 1주기 행사가 현충원에서 열렸다. 많은 인파들이 왔고, 현 대통령 문재인, 국회의원 박지원, 손학규, 김무성 등도 참석했다. 김종규도 물론 이 추모에 참석하였다. 오랜만에 본 인사들과 그간의 안부를 물으며 다함께 하늘에 있을 김영삼 전前대통령을 추모

했다. 생전에도 물밑에서 성의를 다해 도우며 곁에서 끝까지 신의를 지켰던 그는 사후에도 여전히 곁에서 마음을 다하고 있다.

:: 셋째 김필, 둘째 김현, 첫째 김성

현재 김종규는 미국 플로리다 오꼬이에서 이진자 여사와 함께 단란한 생활을 이어가고 있다. 아직도 여전히 단단하고 열정적인 모습으로 가족들, 그리고 벗들과 생을 즐기고 있다. 그는 반평생을 미국에서 살았음에도 끝까지 미국국적을 취득하지 않았다. 6·25 참전 당시의 부상으로 국가유공자인 그는 생을 마감한 뒤에는 이천에 있는 호국원에 들어가게 될 것이라고 했다. 그는 요즘에도 알람도 없이 매일 새벽 4시면 어김없이 일어나 커피를 끓이고 뉴스를 보며 하루를 시작한다. 일주일에 하루는 호수가 많은 오꼬이의 푸른 땅에서 오래된 지인들과 골프를 즐기기도 하고, 또 하루는 근방에 살고 있는 딸 내외와 손녀들을 집으로 초대해 오순도순하게 식사를 하며 시간을 보낸다. 어린 시절 미국 땅에 와서 낯선 환경에서 고군분투했던 세 딸들은 이제 성인이 되어 자립하여 생활하고 있다. 첫째 딸 김성은 미국인 남편과 결혼하여 두 딸을 두었고, 윈드메어에서 의료관련 서비스사업으로 활발히 활동 중이다. 둘째 김현은 샌프란시스코에서 잘나가는 스왈로브스키 매니저이다. 셋째 김필은 템파에 거주하며, 미국인 남편과 두 딸을 두고 행복하게 살고 있다. 곧게 자란 장성한 딸들은 아버지의 환갑, 칠순, 팔순잔치를 때때마다 챙기며 가족끼리 돈독하게 살아나가고 있다. 세 딸을 위해 불과 몇 년 전까지 일을 손에서 놓지 않았던 이진자 여사는 평생 마음의 안식처였던 교회에서 피아노 반주를 하고, 매일 산

책을 하며 마을의 고요함에 몸을 맡긴다. 다사다난했던 부부의 젊은 날은 뒤로하고, 지금은 좋은 사람들과 좋은 음식을 먹고, 좋은 이야기를 즐기고 있으며, 이들 부부의 집은 친구와 지인들의 방문으로 끊이지 않는다고 한다. 풀과 꽃으로 향기로운 플로리다의 기름진 땅에서 조용하지만 에너지 넘치게 하루하루를 풍요와 안정 속에서 이끌어가고 있다. 그의 잘 정돈된 집 뒷마당에 풍성하게 열렸던 오렌지 향이 아직도 코끝에 맴돈다.